KB075485

'나'를 찾으며
자라는
4인 4색
진로 탐색기

꿈RNA

안영국 지음

창비

　이탈리아의 아름다운 시골 마을에서 대를 이어 치즈를 만드는 장인을 만났습니다. 그가 만드는 치즈는 이탈리아의 3대 치즈로 꼽힐 만큼 훌륭했어요. 그 덕분에 그는 수백억의 재산을 가진 부자가 되었는데요. 치즈 공장 입구부터 펼쳐져 있는 끝이 보이지 않는 초지와 깨끗하고 넓은 목장도 그의 소유였어요.

　내가 방문한 날에도 그는 뜨거운 우유에 손을 담근 채 직접 치즈를 만들고 있었어요. 악수를 청하자 그는 손목까지 벌겋게 달아오른 붉은 손을 내밀더군요. 일흔에 가까운 나이였지만 그는 날마다 우유 비린내를 맡으며 뜨거운 우유에 손을 담그고 있었던 거예요.

　그는 나에게 소년 같은 눈으로 치즈를 만드는 전 과정을 보여 주며 친절하게 설명해 주었어요. 치즈에 대한 그의 열정을 느낄 수 있었지요. 평생 자기 일에 행복해하는 '실제형 R'의 본보기였어요. 그는 그동안 이룩한 재산으로 명성을 누리며 노년을 보내기보다는 벌겋게 달아오르도록 손을 우유에 담그고 치즈를 만드는 일을 더 좋아하는 소년 같은 사람이었어요.

이런 치즈 장인 같은 사람들이 세상에는 많이 있어요. 틈나는 대로 그런 사람들을 찾아가 만나고 있어요. 일을 통해 행복을 느끼는 사람들이 많다는 것을 여러분에게 알려 주고 싶거든요. 그렇게 만났던 사람들이 『꿈 RNA』에 등장합니다. 무형이와 친구들에게 도움을 준 사람들이 바로 그들이지요.

여러분도 곧 이 책에서 그들을 만나게 될 겁니다. 여러분이 또 한 명의 무형이가 되겠지요. 그들과 만나면 여러분의 꿈 RNA를 발견할 수 있을 겁니다. 무형이처럼 오글거림도 하고 산을 넘고 또 넘어 보세요. 훗날 내가 찾아가 만날 수 있는 사람이 되어 주세요. 반드시 찾아갈게요.

이 책이 있기까지 늘 믿음과 사랑으로 함께해 준 아내 이유민과 아들 알동에게 사랑한다는 말을 하고 싶습니다. 그리고 이 책을 위해 수고해 주신 창비의 식구들, 부족한 원고를 대상으로 선정해 준 심사위원 모두께 감사의 인사를 드립니다.

2014년 7월
안영국

목차

1장

나를
알아가다

꿈 R Regard [rigá:rd] 관심

자기를 아는 것이 성공의 시작이다. 자신이 결정하는 방식을
이해하는 것이 최고의 지식이다. 자기의 목소리를 규칙적으
로 들으라. 오글거림을 통해 자신의 바람과 꿈을 찾으라.

더큐를 만나다

오늘 자리가 바뀌었다.

짝이 누가 되든 신경 쓰지 않는 무형이지만 이번에는 좀 경우가 달랐다.

'하필이면 오덕규야.'

덕규라는 이름 대신 '더큐'라고 불리는 녀석인데 '더러운 드라큘라'라는 뜻이라나. 하여튼 좀 거슬리는 녀석이다. 녀석이 옆에 앉는 순간 무형이는 찜찜한 나머지 돌 하나가 굴러 와 옆구리에 콕 박히는 느낌마저 들었다.

무형이는 싱글거리며 자신을 바라보는 더큐의 표정이 처음부터 마음에 들지 않았다.

'이 녀석을 뭐라고 부르지?'

더큐라고 하면 반 애들을 따라 하는 것 같아서 싫고, 그렇다고 덕규라고 부르자니 왠지 친한 척하는 것 같아 싫었다.

'뭐, 이름 부를 일이 있을라고, 쳇.'

무형이는 혀를 한번 차고는 덕규에 대한 관심을 꺼 버렸다.

이번에는 더큐가 자리를 비운 틈을 타 앞에 앉은 전석이가 무형이에게 묻지도 않은 말을 하기 시작했다.

"작년에 더큐랑 한 반이었는데, 상종 안 하는 게 좋을 거야."

전석이는 미주알고주알 더큐에 대한 정보를 늘어놓았다.

"작년 일 학기 때까지만 해도 수업 시간에만 이상했거든. 근데 이 학기가 되니까 완전 맛이 가더라. 혼자 노는 놈이라 원래 이상했지만, 토끼장 청소 당번을 맡고 나서 더 심해지더라구. 그때부터 토끼장이 자꾸 뜯기고, 토끼가 한 마리씩 사라졌대."

토끼장 얘기는 무형이도 들은 적이 있었다. 학생 부장 선생님이 토끼 가져가는 놈이 누구냐며 화내면서 교실을 돌아다니시던 모습이 떠올랐다.

'그래서 학생 부장 선생님이 그러셨던 거였구나.'

무형이가 고개를 끄덕였다. 그러자 전석이는 점점 신이 나서, 아예 의자를 뒤로 돌려 앉고는 본격적으로 수다를 떨기 시작했다.

"더큐 녀석, 원래 수업 시간에도 자기 마음대로 하잖아. 샘들도 어쩌지 못하고…… 그래도 작년 일 학기에는 많이 안 그랬어. 한번 나가면 그 수업 마치기 전에는 들어왔었다구. 그런데 이 학기 때부터는 안 그래. 나가면 몇 시간이고 들어오지 않는 거야. 게다가 옷에 흙하고 피를 묻히고 올 때도 있고. 이따가 더큐 들어오면 잘 봐. 틀림없이 옷에 흙이 잔뜩 묻어 있을걸."

주변에 아이들이 모여들었다. 그러자 전석이의 목소리는 더욱 커졌다.

"더큐가 토끼 잡아먹는 걸 본 애도 있대. 살만 뜯어 먹고 나머지는 파묻는대. 그러느라 흙투성이가 되는 거래."

무형이는 피식거리며 자리에서 일어났다.

"그만해라. 애들은 얘기를 들어 주면 자꾸 뻥만 늘어요. 나처럼 그냥 잠이나 자라. 쓸데없는 소리하지 말고, 응!"

무형이는 전석이의 머리를 손바닥으로 몇 번 쓱쓱 쓰다듬고는 교실 밖으로 나갔다.

전석이 말대로 점심시간이 되도록 더큐는 몇 시간째 자리를 비우고 있었다. 무형이는 아무래도 나가서 더큐를 찾아봐야겠다는 생각이 들어 바람도 쐴 겸 교실 밖으로 나섰다. 전석이 말마따나 더큐가 흙을 묻히고 다니는 녀석이라면 산에서 놀고 있는 것이 분명했다. 무형이는 학교 건물 뒤쪽 산책로 쪽으로 방향을 틀었다.

산책로는 제법 운치가 있는 길이어서 동네 사람들이 많이 이용한다. 어쩌다 동네 사람들이 길을 잘못 들어 학교로 들어오는 경우가 있다 보니, 학교에서 철망으로 산책로와 경계를 지어 막아 놓았다. 무형이는 아무래도 더큐가 그 철망을 뚫고 기어 다니느라 교복에 흙을 묻히는 것이라고 생각했다.

'아마 이쪽으로 지나다닐 거야.'

무형이는 산책로와 학교의 경계를 가르는 철망을 살피기 시작했다.

그때 건너편에서 부스럭거리는 소리가 났다. 무형이는 재빠르게 나무 뒤로 몸을 숨겼다. 역시 더큐였다. 녀석은 철망 아래쪽 구멍으로 난 틈을 비집고 들어오려고 버둥대고 있었다.

"내가 너 그럴 줄 알았다."

무형이의 목소리에 놀란 더큐는 냅다 숲 쪽으로 내달렸다. 뒤뚱거리며 산비탈을 뛰어 내려가는 모습이 여간 불안해 보이지 않았다.

'저 자식 저러다가 사고라도 나면 어쩌려고……. 에잇.'

머뭇거릴 시간이 없었다. 무형이는 날렵하게 튀어 올라 철망을 뛰어넘었다.

"거기 서!"

그렇지 않아도 비실비실한 더큐가 아무리 빨리 뛰어 봤자 상대는 날래기로 소문난 무형이였다. 무형이는 얼마 뛰지 않고도 쉽게 더큐 뒷덜미를 움켜쥘 수 있었다.

"너냐? 허헉, 헉헉, 다, 다행이다. 어휴……, 허헉."

더큐는 풀썩 땅바닥에 주저앉아서 가쁜 숨을 몰아쉬었다.

"이건 또 뭐냐?"

더큐 교복에 핏자국이 보였다. 전석이가 말한 핏자국이었다. 새빨간 핏자국이 교복 가슴과 소매 부분에 얼룩져 있었다.

'이 자식 진짜 드라큘라 아냐?'

기분이 확 나빠진 무형이의 표정을 보더니 더큐는 깔깔대며 웃었다.

"왜? 너도 내가 드라큘라처럼 보이냐? 푸하하하."

더큐는 재미있어 죽겠다는 듯 웃음을 멈추지 않았다.

'이 자식 봐라. 웃어?'

무형이는 기분이 점점 더 나빠졌다. 웃음을 멈춘 더큐는 숨을 고르느라 잠시 침묵했다.

"무형아, 너 로드 킬 아냐?"

"뭐? 로드 길? 야, 내가 아무리 영어를 못해도 로드가 길인 걸 모르겠냐?"

너무 쉬운 단어를 물어보는 걸 보니 더큐가 자기를 무시하는 게 분명하다고 생각한 무형이가 욱하고 성질을 부렸다.

"길에서 죽은 야생 동물을 아냐구. 로드 길이 아니고 로드 킬!"

무형이는 더 심란해졌다.

'이놈은 토끼만 잡아먹는 게 아니라 별걸 다 잡아먹는 놈인가 보네. 길에서 죽은 동물까지 먹는다는 건가? 어휴, 땅거지 같은 놈!'

"다시 말할게. 여기는 나무가 우거져서 동물들이 많이 살아. 그런데 산에 먹을 게 없으면 먹이를 찾으러 동물들이 마을로 내려온다고. 그러다가 저 앞길에서 차에 치여 죽는 거지. 그게 로드 킬(road kill)이야. 야생 동물들이 차에 치여 죽는 거."

"그래서 자식아! 지금 죽은 동물을 같이 먹자는 거야, 뭐야. 무슨 말이 하고 싶은 거야!"

무형이는 답답해서 고함을 질렀다.

"야생 동물들은 차에 살짝만 부딪혀도 살지 못해. 다쳐서 사냥을 못하면 굶어 죽으니까. 그리고 길에서 차에 바로 깔려 죽는 애들도 많아. 형체도 알 수 없을 정도로 납작하게 깔려 죽기도 해. 그러면 정말 묻어 주기가 힘들어."

무형이는 여전히 더큐의 말을 알아듣지 못했다. 더큐는 직접 보여 주는 것이 낫겠다고 생각했다.

"그러지 말고 무형아, 나랑 비밀 장소에 같이 가 보자. 어때?"

"글쎄……."

무형이는 잠시 망설였다. 이 녀석과 엮이고 싶지 않아서였다. 그렇지만 더큐를 찾을 수 있는 곳을 알아 두는 것도 나쁘지 않겠다는 생각이 들어 더큐를 따라나서기로 했다.

"그래, 가 보자."

얼마나 갔을까. 산책로에서 나와 산허리 쪽으로 접어드는 곳까지 앞서 걷던 더큐가 걸음을 멈췄다. 산책로와 많이 떨어져서인지 인기척이 없는 조용한 곳이었다.

"여기야. 여기가 길에서 불쌍하게 죽은 야생 동물들의 무덤이야."

군데군데 올록볼록 작은 무덤이 있고 나뭇가지마다 십자가가 걸려 있었다.

'그런데 이건 뭐지.'

부드러운 풀로 덮인 채 봉긋이 솟은 더미를 보자 무형이는 그곳을 발로 툭툭 건드렸다. 그러자 풀 더미가 와르르 무너지며 흙 묻은 삽이며 비닐로 포장된 납작하게 접힌 종이 상자며 여러 장의 담요 들이 한꺼번에 그 모습을 드러냈다.

"뭐냐? 이건."

무형이는 의심스런 눈빛으로 도구들을 살폈다.

"작업 도구들이야. 이 상자들은 죽은 동물들을 넣는 종이 관이고, 이 담요는 고라니 같은 동물들이 다쳤을 때 눈을 가려 주려고 쓰는 거야. 그래야 병원으로 옮길 때까지 가만히 있거든."

더큐는 매일 새벽 이곳에 들렀다가 학교로 온다고 했다. 밤새 길에서 죽은 동물은 거두어서 묻어 주고 다친 동물은 병원까지 데려다 준다는 것이다.

"큰일이야. 처음에는 무덤 한두 개로 시작했는데 점점 공동묘지로 변하고 있어."

더큐는 앞으로 이곳을 어떻게 관리할지 걱정이라며 한숨을 쉬었다.

'죽은 동물을 먹는 아이가 아니네.'

무형이는 그제야 더큐의 옷에 왜 피가 묻었는지 알게 되었다.

"이러느라고 매일 밖으로 나간 거냐?"

"작년에 토끼장 당번을 했는데, 토끼장을 지키는 개가 있었어. 그런데 밥그릇이 두 개인 거야. 이상해서 관리 아저씨한테 물어봤어. 왜 두 개냐고. 그랬더니 자꾸 산에서 야생 동물들이 내려와 개밥을 먹더래. 그래서 기르는 개가 굶게 된다는 거야. 그때부터 아저씨가 아예 밥그릇을 두 개 놓게 되었대."

그런데 문제는 그때부터였다. 더큐가 이 이야기를 아는 수의사 누나 한테 했더니 그 누나가 펄쩍 뛰었다는 것이다. 절대로 안 된다고. 그러면 야생 동물들이 먹이를 사냥하는 능력을 잃게 된다고. 그래서 더큐가 그 이야기를 전했지만 아저씨는 계속 밥그릇을 두 개씩 놓았다.

"내가 계속 밥그릇 하나를 감췄어. 그랬더니 결국 한 개만 놓으시더라. 더 이상 놓아 둘 밥그릇이 없으셨나 봐. 쿡쿡."

무형이가 고개를 끄덕이며 그간의 이야기를 들었다.

"근데 진짜 문제가 터진 거야. 야생 동물들이 개밥을 못 먹으니까 토끼를 잡아먹기 시작한 거지. 토끼장을 철망으로 막아 놓으면 뚫고 들어와 잡아먹고, 다시 막으면 며칠 안 돼서 또 뚫고 들어오고."

"애들은 니가 잡아먹는다고 하던데?"

"쿡쿡. 나는 토끼장 철망을 막아 놓고 있던 건데 애들은 내가 철망을 뚫는다고 그러더라. 아무튼 지금은 야생 동물들이 먹이를 스스로 찾아 먹게 습관을 들이려고 매일 철망을 묶어 놓는 중이야. 마을로 자꾸 내려와 버릇하면 결국 죽게 되거든. 그래서 걱정이야."

바람이 불자 나무에 달려 있는 십자가들이 흔들거렸다.

"근데, 저건 뭐니?"

"으응! 죽은 동물들에게 내가 붙여 준 이름이랑 죽은 날짜를 적어 놓은 표야. 야생 동물을 죽여 놓고 다들 나 몰라라 하잖아. 불쌍해서 이렇게라도 해 준 거야."

더큐는 대답을 하다가 걱정스러운 표정을 지으며 무형이를 바라보았다.

"근데 오늘 니가 본 거, 아무한테도 말하면 안 된다. 말하면 내가 잡혀가."

"잡혀가? 왜?"

"웃기는 일이지만 야생 동물을 이렇게 땅에 묻는 건 불법이거든."

"불법? 그럼 어디에 묻으라고?"

"못 묻어. 사람이 죽으면 시체가 되잖아. 그런데 야생 동물은 죽으면 그냥 일반 쓰레기가 된대. 일반 쓰레기를 땅에 묻으면 잡혀가잖아. 얘네도 반드시 쓰레기봉투에 넣어서 버려야 한다는 거야. 그게 말이 되냐? 인간에게 죽임을 당한 것도 억울한데?"

더큐는 말을 하다 말고 기가 막히는지, 잔가지를 주워서 마을을 향해 힘껏 던졌다. 잔가지는 바람에 흔들리며 얼마 가지 못하고 떨어졌다.

"처음에는 모르고 시작했어. 나중에야 불법이라는 걸 알았지. 그래도 얘네들이 쓰레기가 되게 할 수는 없잖아. 그래서 계속 몰래 하고 있는 거야."

무형이는 자기가 발로 헤집어 놓은 것들을 정성껏 흙으로 덮어 주었다.

돌아오는 길에 무형이는 산책로 철책 끝에 더큐를 위한 통로를 만들었다. 비밀 무덤을 날마다 오가는 더큐가 교복에 흙을 묻히고 다니지 않게 하려고. 성적은 나빴지만, 워낙 눈썰미와 손재주가 있는 무형이인 터라, 잠깐 작업했는데도 철책을 쉽게 열고 닫을 수 있는 간이 문을 만들 수 있었다.

"이제부터는 이 통로로 다녀. 여기 철망에 달린 줄을 풀면 이렇게 열수 있어. 문처럼 사용할 수 있을 거야. 하지만 꼭 묶어 놔야 해. 그래야 아무도 눈치를 못 챌 테니까."

더큐는 무형이가 설명하는 동안 철망으로 만든 문을 흔들어 보며 연신 엄지손가락을 들어 올렸다. 그동안 힘들게 빠져나왔는데 진짜 잘됐다며 또 쿡쿡거리다가 벙긋벙긋 웃기까지 했다.

"그만 가자. 점심시간이 끝나갈 거야."

이번엔 무형이가 앞서 내려가기 시작했다. 더큐에게 서두르라고 재촉하면서도 무형이의 입꼬리는 올라가 있었다. 괜찮은 일을 했다는 뿌듯함 때문일까. 무형이와 더큐 사이에는 그렇게 둘만의 비밀이 생겼다.

난 잘못이 없다고요

"억울해요."

"어쨌든 다툴 것까지는 없었잖아."

"나쁜 짓을 자꾸 하니까요."

담임 선생님은 어이가 없었다. 무형이도 어이가 없었다.

"니가 뭔데 싸우겠다는 거냐고."

선생님은 더 화가 난 목소리였다.

"그럼 최고만은 지가 뭔데 애들을 괴롭히냐고요."

대답하는 무형이도 지지 않았다.

"선생님, 최고만 모르세요? 그놈이 애들을 꼬드겨 힘없는 애들 괴롭히는 거요. 사실 싸우자고 한 것은 최고만이었어요. 저는 장소를 정한 것뿐이라고요."

담임 선생님의 책상에는 무형이가 쓴 쪽지가 놓여 있었다.

조타. 그럼 산책로 철망 압패서 만나 짜식아.

이 일은 무형이가 최고만의 속임수에 걸려든 것이었다. 지난주부터 어떻게 된 일인지 최고만과 두 명이 덤빌 테면 덤벼 보라는 식으로 계속 싸움을 걸어왔다. 그래서 참다 못한 무형이가 결투 장소를 쪽지에 적어서 최고만에게 보냈다. 그러자 기다렸다는 듯이 그 쪽지를 들고 최고만이 담임 선생님에게 달려간 것이다. 무형이 때문에 무섭다며. 결국 무형이가 싸움을 걸어온 것으로 꼼짝없이 누명을 뒤집어쓰고 말았다. 무형이는 그것이 너무 분하고 억울했다.

"이 녀석이? 너, 이게 처음이 아니잖아."

무형이는 기가 막혔다.

"선생님, 지난번에는 살짝 경고만 한 거였어요. 나는 쌈을 좋아하는 놈이 아니에요. 노는 놈도 아니고요. 아시잖아요. 지난번에 그놈들은 삥을 뜯었어요. 그때도 너무 삥을 심하게 뜯기에 그만하라고 했더니 걔네들이 먼저 시비를 건 거였어요. 그래도 참았잖아요."

무형이는 일진 애들도 건드리지 못한다. 체격도 운동 신경도 남다르기 때문이다. 그걸 모르는 담임 선생님이 아니었다.

"그러니까 이번에는 네가 잘못했다고 인정해. 최고만에게 사과하는 것으로 마무리하자. 너의 진심은 알지만 쪽지 때문에 너가 불리한 상황이라고 오해를 받을 수밖에 없다니까. 네가 사과하면 최고만도 너에게 사과하도록 선생님이 잘 마무리 지을게. 알겠지?"

담임 선생님은 야단도 치고 달래기도 하면서 어떻게든 무형이와 최고만의 일은 둘이 서로 사과하는 선에서 해결하려는 참이었다. 그러나 무형이는 한발도 물러서지 않았다. 조금도 잘못이 없다고 우기는 통에 담임 선생님은 결국 지쳤다.

"엄마 오시라고 해."

"······."

무형이는 입을 닫았다. 절대 안 될 일이었다. 무형이는 고개를 흔들었다. 무형의 흔들리는 표정을 본 담임 선생님은 다시 한번 무형이를 몰아붙였다.

"내일 오시라고 해."

"제가 그냥 맞을게요. 잘못한 것의 두 배로 맞을게요. 아니, 세 배도 괜찮아요."

진작 이 방법을 쓸 걸 그랬다고 생각하며 담임 선생님은 목소리를 가라앉히고 천천히 말했다.

"교무실로 오시라 해. 내일 오후에."

그러자 무형이는 의자를 담임 선생님 앞으로 바싹 끌고 와 앉았다.

"선생님, 그냥 저랑 해결하시죠. 저는 깡패가 아니잖아요. 나쁜 놈들이니까 경고를 준 것뿐이었어요, 샘?"

무형이의 눈빛이 간절해졌다.

무형이는 아직 싸움을 벌인 적은 없지만 언제든지 싸움에 휘말릴 수 있는 아이라는 것을 담임 선생님은 걱정하고 있었다. 그래서 이번 기회에 싸움을 하지 않겠다는 다짐을 확실하게 받아 두려고 했다.

"······."

담임 선생님은 등을 의자에 기대고는 다리를 꼬았다. 그러고는 더 이상 타협은 없다는 듯 팔짱까지 꼈다. 뒤로 물러서지 않겠다는 태도였다. 담임 선생님의 마음을 알 리 없는 무형이는 담임 선생님의 단호한 태도에 마음이 상했다. 더 이상 타협이 어렵겠다는 생각에 몸을 추슬러 바른 자세로 고쳐 앉았다.

"나쁜 놈을 혼내려는 놈은 엄마를 데려와야 하고, 약한 놈을 괴롭힌 나쁜 놈은 사과를 받고. 결국 나쁜 놈이 이긴 거네요, 그죠? 선생님."

"아니, 이 자식이?"

몸을 뒤로 젖히고 앉아 있던 담임 선생님은 순간 화를 참지 못하고 벌떡 일어났다. 자기를 나쁜 교사로 몰아가는 무형이를 더는 두고 볼 수 없었다. 후다닥 책꽂이를 뒤지더니 학부모 주소록을 꺼내 펼쳤다. 그러고는 손가락으로 한 줄 한 줄 짚어 가더니 '맹무형' 이름 석 자를 찾아냈다.

"그래, 여기 있네. 너랑 이야기할 필요가 없지. 그냥 부모님께 전화하면 되지."

담임 선생님은 전화기 버튼을 누르기 시작했다. 무형이는 어쩔 수 없다는 표정을 짓고는 의자를 뒤로 끌고 물러나 앉았다. 수화기를 통해 음성 메시지가 흘러나왔다.

"이 번호는 없는 번호이오니 다시 확인하시고……."

"이 자식이!"

담임 선생님은 화를 참지 못하고 수화기를 책상에 던져 버렸다. 수화기가 책상에 떨어지는 소리가 커다랗게 교무실에 울렸다. 다른 선생님들이 놀란 표정으로 이쪽을 바라보았다. 당황한 담임 선생님에게로 몇몇 선생님들이 모여들었다.

"왜 그래, 무슨 일이야?"

"무슨 일은요, 수화기를 잘못 내려놓았나 보네요. 아무 일도 아니에요."

어느 틈에 왔는지 담임 선생님과 대학 선후배 사이인 진로 전담 교사 진선구가 나섰다. 다가오는 선생들을 가로막고는 별일 아니라며 자리로 돌려보냈다. 그러고는 담임 선생님을 다독이며 말했다.

"너무 속 끓이지 마, 얘가 선생님 애쓰는 것도 모르고."

진선구 선생은 무형이의 등짝을 세게 때리는 척하며 담임 선생님을 위로했다. 담임 선생님은 한숨을 푹 쉬었다.

"선생님이 맘 쓰는 건 내가 알지. 어제 우리가 얘기했잖아요. 무형이에게는 내가 얘기할게요. 이거 마시고 마음 가라앉혀요."

진 선생은 냉장고에서 음료수를 하나 꺼내 와 담임 선생님의 손에 쥐어 주며 말을 이었다.

"자, 자, 선생님 진정하시고 이 녀석은 내게 맡겨요. 어제 선생님이 말한 대로 내가 해 볼 테니까요."

진 선생은 이번에는 무형이의 등짝을 진짜 세게 때리더니 밖으로 끌고 나갔다. 담임 선생님은 말없이 음료수를 벌컥벌컥 들이켰다.

진로 상담실은 진 샘의 분위기와 비슷하게 차분하고 온화했다. 창가에 드리워진 커튼이 창턱에 놓인 접시꽃과 잘 어우러져 딱딱한 교실이 아닌 포근한 카페같은 느낌을 주고 있었다. 벽에는 학교 선배들이 그렸을 법한 그림들이 군데군데 붙어 있어 진로 상담실과 잘 어울렸다.

진선구는 무형이의 머리를 아무렇게나 쓰다듬더니 알밤을 한 대 먹였다.

"담임 샘 마음도 몰라주고……. 학교 폭력이라는 말이 나오면 정말 치명적이야. 한번 말려들면 수습할 수 없다고. 지금만 해도 그래. 최고만 어머니는 학교 운영 위원장이시잖아. 쉽게 끝나지 않을 문제라고. 시끄러워지면 너희 어머니는 학교에 와서 고만이 어머니에게 사과하시고 너도 요주의 인물로 찍히게 된다고. 그런 일이 생기지 않게 하려고 담임 선생님이 나선 거라고. 그런 선생님에게 네가 대들었으니……. 쯔쯔."

무형이는 머릿속이 하얘졌다. 그렇지 않아도 요즘 엄마가 폭발 직전이기 때문이다. 아빠는 일하던 회사가 부도난 지 오래 되었지만 아직도 집에서 속옷 차림으로 컴퓨터만 하고 있다. 엄마는 직장 다니랴, 살림하랴 몸이 둘이어도 모자랄 판이었다. 게다가 외고 기숙사에 있는 형은 공부는 안 하고 게임에만 빠져 있다.

'이 와중에 나마저 엄마를 학교로 오게 만들고 와서 사과하라고 한다면……. 으으……. 큰일이다.'

무형이는 자기도 모르게 머리를 감싸 쥐었다. 큰 짐 가방을 끌고 현관문을 나가 골목 끝으로 사라지는 엄마 모습이 무형이 눈앞에 선명하게 떠올랐다.

비로소 무형이는 진지하게 걱정하기 시작했다. 그런 무형이를 지켜보던 진 샘은 포스터 한 장을 무형이 앞에 내려놓았다.

"방법이 아주 없는 건 아니야."

무형이의 귓바퀴가 움직였다. 애써 덤덤한 체하고 있었지만 그걸 모를 진 샘이 아니었다. 진 샘은 포스터를 들어 무형이 눈앞에 들이밀었다.

"이거야. 이 대회에 참가하겠다고 신청하는 거야. 그러면 너가 정신 차리고 이제 열심히 하려고 하는구나 하고 다들 생각할 거야. 게다가 교장 샘이 요즘 가장 신경 쓰시는 게 진로 탐색 대회니까 더는 이 상황을 문제 삼지 않게 될 거야."

잔뜩 기대했던 무형이는 '대회'라는 말을 듣고 고개를 숙였다.

"확실한 방법이야. 일단 무형이 네가 교내 대회에 참가하겠다고 하면 지금 일이 더 커지진 않을 거야. 너를 내가 책임지겠다고 할 거고. 그렇게 교내 대회까지 가게 되면 분위기도 좀 가라앉을 테고. 혹시 아니. 네가 교내 대표가 될지. 그리고 그동안 최고만에게 피해 입은 아이들에 대해 담임 샘이 조사하고 있으니 뭔가 답이 나올 거야."

진 샘이 이렇게 무형이를 설득하는 데는 그만한 이유가 있었다. 지난번 교내 방송으로, 그리고 담임 선생님들이 종례 시간에 진로 탐색 대회에 참가하라고 여러 번 안내를 했다. 하지만 신청자가 전혀 없었다. 아직 이 학교 학생들에게는 진로나 진학이란 말이 다른 나라 말처럼 들렸던 것 같다. 진 샘은 학교의 핵심 사업을 시작도 하지 못하게 될까 봐 전전긍긍하는 교장 선생님의 입장을 누구보다 잘 알고 있었다. 게다가 교장 선생님이 진 샘을 이 학교로 데려오려고 얼마나 애썼는지도 잘 알고 있었다.

무형이는 머리만 벅벅 긁으며 괴로워했다. 진 샘이 하는 비현실적인 제안에 기가 막혔다.

'학교 대표가 되라고? 그게 가능해? 다른 애들이나 샘들이 뭐라고 하겠어……'

겉으로 보면 곱상한 얼굴에 체격까지 남다른 매력적인 무형이지만 성적은 바닥이었다. 그런 자신에게 학교 대표 선발전에 나가라는 말은 자기를 놀리는 것처럼 들렸다. 그래서 이야기를 들을수록 점점 기분이 나빠졌다.

"진 샘, 지금 저 놀리시는 거예요? 설마 제 성적 모르고 하시는 말은 아니죠? 제 입으로 제가 전교 바닥이라고 말을 해야 속이 시원하겠냐고요."

하지만 진 샘은 아무렇지 않다는 듯 차분히 설명을 계속했다.

"전국 대회에서 우승하려면 팀을 어떻게 짜느냐가 중요해. 공부 잘하는 애들로만 팀을 꾸려서는 우승하기 어려워. 다양한 재능을 가진 애들이 팀에 둘 이상은 꼭 있어야 가능해. 지난번 있었던 학교에서 우승할 때도 그랬어. 하지만 지금 이 학교는 사정이 좀 달라. 교내 대회 신청자가 거의 없어. 그래도 두 팀은 만들어야 선발 대회라도 해 볼 수 있지 않겠니? 너한테도 좋은 기회야. 넌 성적은 나빠도 솜씨 하나는 최고잖니."

진 샘은 손에 든 노트를 펼쳤다. 공작과 기술 부문에서 입상한 학생들

명단과 입상작 사진이 붙어 있었다. 명단 가운데 있는 무형이의 이름에는 밑줄이 그어져 있었다.

"그깟 공작 대회에서 상 받은 게 뭐 대수라고요. 그냥 방학 숙제로 낸 건데요……."

진 샘은 심드렁한 무형이의 반응에도 개의치 않았다.

"먼저 교내 대회에 출전하는 거야. 올해부터는 공부뿐만 아니라 다양한 분야에서 가능성을 보인 특이한 학생들을 모아 교내 대회를 치를 거야."

그러니까 무형이는 특이한 아이라서 참가 권유를 받았다는 뜻이 된다. 무형이는 '특이한'이라는 말에 기가 막혔다.

"그렇죠. 공부는 바닥이고 말썽만 부리고……. 특별하다기보다 특이하죠."

무형이는 자기도 모르게 한탄 섞인 목소리로 중얼거렸다.

"지금 이럴 때가 아니야, 무형아. 선택의 여지가 없어. 소나기는 일단 피하고 보자구."

'이그, 한심한 놈.'

진 샘의 재촉에 몇 번이고 제 머리를 쥐어박던 무형이는 결국 잔뜩 주눅이 든 목소리로 대답했다.

"할게요."

진 샘은 이미 대답을 예상했다는 듯 컴퓨터 앞에서 참가 신청서를 작성하고 있었다. 잠시 후 프린터가 몸을 흔들며 종이 몇 장을 뽑아 냈다.

"여기에 네 이름 적으면 돼. 일단 이번 일은 내가 나서 볼게. 지금부터는 무형이 네가 하기에 달려 있어."

기가 막힌 현실 앞에서 무형이는 한숨을 푹푹 쉬며 신청서를 받아 쥐었다. 진 샘이 건네준 신청서는 아직 따뜻했다.

토요일 낮에 무형이는 카페에서 여자 친구의 부모님을 처음 만났다. 그 카페에서 일하는 사람들 중에는 약간 행동이 불편해 보이는 사람도 있었지만 커피 향과 분위기는 꽤 좋은 곳이었다.

"그래, 자네는 내 딸을 좋아하는가?"

여자 친구의 아빠였다. 보통 볼 수 없는 큰 체격의 이 남자는 토요일 점심시간에도 흰색 셔츠에 푸른빛이 도는 넥타이를 매고 나왔다.

"네. 진심으로 좋아합니다."

조금도 망설임 없이 무형이는 대답했다. 옆에 있던 여자 친구는 흐뭇한 표정으로 무형이와 아빠를 번갈아 보고 있었다.

"그렇다니 고맙군. 아주 마음에 드는 친구야."

남자는 고개를 끄떡이며 주스로 목을 축였다.

"그래, 무형 군은 잘하는 것이 무엇인가?"

"네에? 에……, 에."

예상하지 못했던 질문을 받자 무형이는 당황스러워하며 말을 더듬었다.

"아빠, 내가 그런 질문하지 말랬지."

화가 난 여자 친구가 아빠에게 토라진 목소리로 말했다.

옆에 있던 여자 친구의 엄마도 남편의 허벅지를 세게 찔렀다. 하지만 아빠는 막무가내였다.

"아냐. 그래도 내 딸과 사귀는 사이인데, 그 정도는 물어봐야지. 안 그런가, 무형 군?"

무형이는 뭐라고 해야 할지 몰라 허둥댔다. 결국 부인은 남편에게 눈을 흘기며 싫은 소리를 했다.

"여보, 그만해요."

골이 잔뜩 난 여자 친구는 자리에서 일어나며 아빠를 노려보았다.

"진짜……. 아빠! 나랑 미리 약속했잖아. 이러는 게 어디 있어?"

거짓말을 하고 싶어도 생각해 둔 것이 있어야 둘러댈 텐데, 미래에 대해 전혀 생각해 본 적이 없는 무형이는 허둥댈 뿐이었다. 이마에서 땀이 배어 나와 방울이 맺히고 있었다.

"난 무형 군이 나중에 어떤 분야에서 일하게 될지 알고 싶어서 그런 건데, 잘하는 거 하나 말해 주는 게 그렇게도 어려운가?"

여자 친구의 아빠 목소리가 약간 비아냥거리는 것처럼 들렸다.

"아, 아니……. 그게……."

평소 같으면 미래 같은 것은 생각해 본 적도 없다고 그냥 덤덤하게 말했을 무형이었다. 그런데 이상했다. 지금은 말하려고 해도 입이 움직이지 않고 땀만 비질비질 났다.

"아빠! 이따 집에서 봐. 정말 실망이야."

여자 친구는 화를 내며 무형이의 팔을 잡아당기며 나가자고 했다.

"뭐해! 일어나지 않고."

무형이는 어떻게 해야 할지 몰랐다. 일어나려 해도 몸을 일으킬 수가 없었다.

"얼른 일어나. 무형아."

여자 친구는 계속 무형이의 팔을 잡아 흔들었다. 하지만 입과 몸이 말을 듣지 않았다.

"일어나라고!"

여자 친구의 목소리가 굵게 변했다. 그녀는 일어나지 못하는 무형이의 등짝을 세게 때렸다.

"빨리 일어나라고."

"으, 응……?"

"빨리 일어나라고. 나도 늦잖아."

"늦는다……고?"

이런! 엄마였다. 또 꿈을 꾼 것이었다.

'벌써 며칠째냐?'

무형이는 이마를 만져 보았다. 이마에 땀이 흥건했다.

'그래, 무형 군은 잘하는 것이 무엇인가?'

요새 아침마다 같은 꿈을 꾸고, 비지땀을 흘리며 잠에서 깨고 있었다. 같은 카페, 같은 종업원, 같은 남자의 같은 질문…….

'우이씨.'

무형이는 주먹으로 매트리스를 쾅하고 내리쳤다. 깜짝 놀란 엄마가 소리를 질렀다.

"너! 너 지금 내가 깨운다고 반항하는 거야?"

"아니에요……."

벌떡 일어나 욕실로 들어간 무형이는 수도꼭지를 세게 돌렸다. 세찬 물소리가 엄마의 잔소리와 간밤의 꿈자리를 쓸어 내렸다. 한숨을 내쉬며 무형이는 욕실의 거울을 들여다보았다.

'왜 매일 나는 같은 꿈을 꾸는 걸까?'

'왜 매번 나는 같은 질문에 쩔쩔매는 것일까?'

몇 대를 맞더라도 한 주먹이면 상대를 쓰러뜨릴 수 있는 자기 아니었던가. 그런 자신이 왜 바보처럼 꿈속에서는 땀을 비질비질 흘리며 대답도 못하고 쩔쩔매는 건지 이해할 수가 없었다. 거울에 비친 자기 얼굴을 찬찬히 들여다보았다. 비록 자다 깬 얼굴이지만 봐 줄 만했다.

'그래, 뭐가 모자란다고.'

턱선을 쓸어 내리며 무형이는 흐뭇한 표정을 지었다. 그때 꿈 생각이 났다.

'그래, 무형 군은 잘하는 것이 무엇인가?'

그 재수 없는 질문이 떠오르자 거울 속의 무형이는 금세 주눅이 들었다.

쏟아지는 물에 고개를 파묻고 푸푸 소리를 내며 세수를 했다. 아무리 세게 얼굴을 문질러도 그 소리는 계속 귓가를 맴돌았다.

진선구 선생, 그녀는 올해 무형이네 학교로 옮겨 온 진로 전담 교사이다. 교육청에서 진로 교사 연수를 이끌어 갈 만큼 유능한 전문가로 인정받고 있다. 그런 그녀가 교장 선생님의 제안을 받고 이곳으로 전근을 왔다. 자신의 박사 논문을 완성할 겸, 새로운 학교에서 자신이 만든 진로 탐색 프로그램을 운영해 보고 싶은 마음도 있어 흔쾌히 옮겨 왔다. 그런데 오자마자 큰 두통거리가 생겼다. 각 반 담임들의 홍보와 추천에도 불구하고 교내 대회에 참가 신청 건수는 단체 한 팀과 개인 두 명을 합한 세 건 뿐이었다. 개인이라 해도 맹무형과 전교 일 등인 공부선, 단체는 부선이를 빼고 모인 전교 이 등부터 오 등까지의 아이들이었다.

작년까지는 전교 석차 순서로 네 명을 뽑아서 그대로 전국 대회에 출전시켰다. 하지만 올해는 진 선생이 부임하면서 여러 팀이 자유롭게 참가할 수 있게 했다. 신청한 팀과 개인 들이 모여 진 샘이 개발한 프로그램으로 공부를 하고 나서 교내 대회를 통해 학교 대표팀을 뽑을 계획이었다. 그런데 신청 마감을 이틀 남겨 둔 오늘까지 두 팀도 만들지 못했으니 큰 문제가 아닐 수 없었다. 진선구 선생은 모두 퇴근한 교무실에 혼자 앉아 무형이, 부선이, 그리고 네 명의 아이들의 기록들을 뒤지며 깊은 시름에 빠져 있었다.

"어떻게든 두 팀은 만들어야 해."

진 선생은 무형이, 부선이와 함께 할 두 명을 찾아 한 팀을 만들기로 마음을 먹었다. 하지만 아이들이 전교 꼴찌인 맹무형이 있는 팀에 들어올 리 만무했다.

"내가 직접 나설 수밖에 없어."

지끈거리는 머리를 누르며 그녀는 무형이의 기록부터 살폈다.

"교내 만들기 대회와 모형 창작 대회에서 입상을 했다……. 그리고 일진과 시비가 붙을 뻔함."

무형이의 기록을 소리내서 중얼거렸다. 잠깐이라도 골치 아픈 일들을 잊고 일에 몰두하기 위해서 일부러 중얼거렸다.

"내성적이고 따뜻한 성품을 가진 아이다……. 하지만 불의를 참지 못한다……."

무형이의 성격 칸을 읽어 내려갔다.

"성적은 꾸준히 전교 꼴찌에서 왔다 갔다 하네. 휴우."

그녀의 입에서 한숨이 저절로 나왔다. 하지만 이내 머리를 흔들고 잡념을 떨치며 문제를 풀어낼 실마리를 찾으려고 애썼다.

"담임 샘 말대로 무형이에게 손재주가 있다는 건 전국 대회에 출전할 때 팀에 희망이 될 수 있을 거야……."

담임 샘은 선배인 진 선생을 만날 때마다 무형이 걱정을 했다. 정의감이 있고 심성이 곱다 보니 오히려 시비에 휘말릴까 늘 노심초사했던 것이다. 진 샘이 계획한 진로 탐색 대회에 무형이가 참여할 수 있게 해 달라고 부탁한 것도 사실은 담임 선생님이었다. 대회를 경험하면서 무형이가 조금이라도 변하기를 바랐던 것이다.

진 샘은 골몰히 생각하느라 무형이의 입상 기록에 눈을 멈춘 채 책상을 손가락으로 두드리기 시작했다. 그녀는 무언가를 골똘히 생각할 때면 버릇처럼 손가락으로 책상을 두드렸다. 꽉 막힌 문제의 문을 열기 위한 두드림이라고나 할까. 그녀는 그렇게 손가락으로 책상을 두드리며 진로 탐색 대회에서 무형이가 활약할 수 있도록 어떻게 도와야 할지 그 방법을 찾으려 했다. 아무도 없는 적막한 교무실에서 그녀의 두드림은 오랜 시간 계속 되었다. 무형이의 새로운 삶의 문을 열기 위해서는 오랜 두드림이 필요했다.

"일단 다른 아이들의 기록을 먼저 보자."

무형이를 도울 방법이 쉽게 찾아지지 않자 그녀는 부선이의 기록으로 넘어갔다. 역시 부선이의 기록은 화려했다.

"이런 똘똘하고 당찬 아이가 과연 무형이랑 한 팀이 될 수 있을까? 대화가 통하지 않을거야. 문제를 풀어 가는 방법도 많이 다를 것이고……."

마음이 답답해지자 그녀는 물컵에 물을 따라 왔다. 다시 무형이의 기록을 보며 부선이와의 연결 점을 찾아보려고 상위 메뉴 버튼을 눌렀다.

"어엉? 이게 누구지? 오덕규?"

무형이네 반 기록에서 진 선생은 오덕규라는 이름을 발견했다.

"설마, 그 오덕규?"

진 샘은 반신반의하며 그의 이름을 클릭했다. 그러자 화면에 떠오른 덕규의 얼굴은 왠지 낯이 익어 보였다.

"혹시 내가 아는 그 오덕규?"

하지만 그의 기록을 읽던 그녀는 실망스런 표정을 지으며 아쉬워했다.

"아니야. 그 아이가 아니야. 이럴 리가 없잖아."

그녀가 아는 오덕규는 초등학교 시절에 천재 소리를 듣던 아이였다. 예절 바르고, 리더십도 뛰어난 아이여서 학교에서 모르는 사람이 없는 아이였다. 그런 아이라고는 생각할 수 없는 기록이었다.

"근데 이상하다. 얼굴은 많이 닮았어."

그녀는 다시 덕규의 사진을 찬찬히 살폈다.

"내가 아는 오덕규가 맞을 수도 있어. 내일 당장 만나 봐야겠어. 내일 당장."

만약 이 아이가 진 샘이 생각하는 그 오덕규라면 일은 쉽게 풀릴 수도 있을 것 같았다.

"만약 그 덕규라면……. 그래서 무형이와 부선이와 한 팀이 된다면 그럼 해 볼 만하지. 그럼……."

덕규라는 한 줄기 희망의 빛이 그녀의 얼굴을 환하게 했다.

더큐는 교무실 앞에서 진선구 선생을 처음 봤을 때 너무 놀라 뒤로 자빠질 뻔했다. 초등학교 4학년 때 더큐는 선희라는 여자아이와 짝을 했다. 선희는 매우 예쁘고 착한 아이였다. 하지만 그 애에게는 심한 집중력 장애가 있었다. 그래서 담임 선생님은 더큐를 짝으로 붙여 주었다.

그때만 해도 더큐는 학교에서 칭찬받는 아이, 덕규였다. 모르는 것이 없었고, 예의도 발랐다. 덕규는 담임 선생님의 바람대로 선희를 잘 챙겼다. 책과 노트를 꺼내 주고, 연필과 지우개를 빌려 주고, 급식도 챙겨 주고, 잔반도 버려 주었다. 그래서 선희 엄마는 종종 덕규네로 고맙다고 전화를 하거나 선물을 보냈다. 바로 그 선희 엄마가 진선구 샘이었다.

'으아! 끝장이다. 아, 어쩌지.'

진 샘을 처음 본 그날 더큐는 하루 종일 혼란에 빠졌다. 수업 시간에 밖으로 나가거나, 헤헤거리며 선생님 지시를 따르지 않는 등 요즘 더큐가 하는 더큐의 행동들은 모두 선희에게 배운 것이었다. 초등학교 5학년 때 선희가 이사를 간 뒤 더큐는 변하기 시작했다. 마치 감기에 옮은 듯 더큐가 선희의 행동을 그대로 따라 했던 것이다.

거기에는 그만한 이유가 있었다.

더큐는 서울에서 큰 병원을 운영하시는 할아버지가 싫었다. 할아버지는 의대를 못 간 아빠를 무시했고, 그 때문에 손자 교육만큼은 당신이 직접 하겠다며 간섭하려 들었다.

"초등학교까지는 부모인 너희와 살아야겠지만, 중학교부터는 내가 맡으마. 덕규가 초등학교를 졸업하는 대로 나한테 올려 보내라. 그러지 않으면 지금 받는 생활비는 더 이상 줄 수 없다."

더큐와 부모님이 할아버지를 만날 때마다 듣던 말이었다. 그래서 더큐는 항상 그런 할아버지로부터 벗어날 수 있는 방법을 찾고 있었다. 그때 마침 선희를 만나 아이디어를 얻은 것이다. 물론 고민도 많이 했다. 하지만 부모님 곁을 떠나지 않으려면 뭐라도 해야 했다. 결국 선희를 따라 하는 것만이 부모님과 떨어지지 않는 유일한 방법이라고 생각했다. 그리고 조금씩 변해 갔다. 더큐는 이제 겨우 선희 따라 하기에 익숙해져 할아버지도 더큐를 어느 정도 포기하는 분위기였는데 난데없이 선희 엄마가 나타난 것이다.

'못 알아보셔야 할 텐데…….'

하지만 더큐의 바람은 오래 가지 않았다.

야근한 다음날 진선구 샘은 더큐를 진로 상담실로 불렀다.

"어머. 덕규야. 이게 얼마 만이니, 오덕규!"

진 샘은 만나는 순간 덕규를 단번에 알아봤다.

하지만 더큐는 고개를 떨구었다.

"덕규야. 어떻게 된 거니? 그 사이에 내가 아는 덕규가 아니라 더큐가 되어 있더라."

더큐는 억장이 무너졌다. 그동안의 노력이 모두 와르르 무너지는 순간이었다. 더큐는 결국 진 샘에게 그간의 사정을 설명했다. 만약 진실이 밝혀지면 자기는 그날로 할아버지에게 불려 갈 텐데 자기는 부모님과 떨어져서는 절대 살 수 없다며 제발 비밀을 지켜 달라고 사정을 했다. 진샘은 더큐의 이야기를 고개를 끄덕이며 열심히 들었다. 그러고는 담담하게 진로 탐색 대회의 신청서를 내밀었다.

"이 신청서를 쓰렴. 그러면 너의 본래 모습을 모르는 걸로 할게. 대신에 진로 탐색 대회에서는 너의 진짜 모습을 보여 주어야 해. 너에게도 이번 대회가 진로를 결정하는 데 큰 도움이 될 거야."

더큐는 진 샘이 내민 신청서를 썼다.

"덕규야. 네가 더큐가 아닌 덕규로 있는 한 너희 팀은 절대 지지 않아.

내가 잘 알잖니. 덕규 넌 천재라는 걸."

더큐는 자기를 안다는 말에 가슴이 덜컥 내려앉아 한 번 더 사정을
했다.

"선생님, 제발 저를 안다고 하지 마세요. 그냥 더큐라고 부르세요, 더
큐. 선생님 전 더큐예요. 덕규가 아니고요."

진 샘은 그제서야 긴 안도의 한숨을 내쉬었다.

'이제 되었어. 덕규가 있는 한 안심이야. 이제 부선이가 마음을 나눌
친구 한 명만 찾으면 되겠군. 연두는 어떻게 하지. 잘 말해야겠어.'

어쩔 줄 모르는 더큐의 등을 도닥이며 진 샘은 마지막 계획을 짜기 시
작했다.

그 일이 있은 뒤 사흘이 지났을 때 첫 번째 모임이 있다는 연락이 왔다.

꿈 RNA를 찾는 법 ♪

"무형아, 얼른 먹고 가자. 오늘 모이는 날이래."

점심시간, 식판에 밥을 담기가 무섭게 더큐는 설레발을 쳤다. 무형이는 허겁지겁 먹느라고 점심을 어떻게 먹었는지 기억도 나지 않았다. 식판을 반납하기가 무섭게 무형이는 더큐에게 끌려가다시피 진로 상담실로 올라갔다. "덕규도 너희 팀에 합류한다"라는 진 샘의 간단한 말 한마디와 함께 더큐는 무형이와 한 팀이 되었다. 특이한 팀이 완성된 것이다. 무형이가 진로 상담실에 갈 때 근처에서 얼쩡거리던 더큐와 몇 번 마주쳤는데 결국 한 팀이 되어 버렸다.

사실 더큐가 진로 상담실에 서둘러 가려는 진짜 이유는 진로 탐색 대회가 아니었다. 바로 연두인지 파랑인지 하는 여자애 때문이었다. 지난번 학교 뮤지컬 동아리 공연에서 연두의 연기를 본 다음부터 더큐는 그 아이의 동선을 꿰고는 우연히 마주치는 것처럼 꾸며 날마다 만나는 놀이를 하고 있었다. 그러다가 연두가 진로 탐색 대회에 참가한다는 것을 알고 뛸 듯이 기뻐했다. 이제 공식적으로 연두를 더 가까이에서 볼 수 있게 되었으니까. 더큐는 짝사랑도 참 특이하게 한다. 그냥 좋아한다고 말하면 될 텐데, 왜 주위만 맴도는지⋯⋯.

"무형아, 안녕?"

어? 수지가 들어온다. 이어서 수지의 절친 부선이가 들어왔다. 무형이는 쑥스러운지 머리를 만지작거리며 시선을 피했다.

수지는 더큐를 보더니 놀라서 물었다.

"설마? 네가 여기 왜?"

"응, 무형이 좀 챙기라고 진 샘이 합류시키셨어."

'뭐야?'

무형이가 더큐에게 눈을 흘기는 걸 아는지 모르는지 그 말에 수지의 표정이 갑자기 밝아졌다.

"나둔데. 부선이 때문에 이 팀에 합류하기로 했거든."

수지 말을 듣는 순간 더큐는 땅이 꺼져라 한숨을 쉬었다.

'어쩐지 연두가 보이지 않더라.'

원래 연두가 들어오기로 했던 자리에 수지가 들어왔나 보다. 더큐는 아까부터 연두가 보이지 않아서 계속 두리번거리며 궁금해하고 있던 참이었다.

"부선이가 너무 열을 받아 해서 진 샘이 날 불러온 거잖아."

부선이는 아까부터 표정이 좋지 않았다. 맞은편에 앉아서 속닥거리는 다른 팀 아이들 때문이었다.

"쟤네들이 우리 공부선이 뒤통수를 쳤잖아, 글쎄. 전교 일 등 부선이를 쏙 빼놓고 지들끼리 싹 뭉쳤다니까. 이 등부터 오 등까지 뭉치면 자기네가 일 등을 이겨 먹을 수 있다고 생각한 거지."

수지 말대로 부선이는 전교 석차가 좋은 아이들이 모인 팀에 자신이 빠진 걸 알고는 엄청 울었다. 진 샘이 어떤 말로 위로해도 소용이 없었다. 그래서 진 샘은 서둘러 연두 대신 수지를 투입한 것이다.

"야, 우리가 지면 접시 물에 코 박고 죽어야 해. 그렇지 않냐?"

"그렇지, 콱 죽어야지, 후후."

"왜 접시 물이냐? 그냥 거미줄에 콱 목매달고 죽어야지, 크크크."

상대 팀 아이들은 아주 신이 났다. 들릴 듯 말 듯 속닥거리며 부선이의 속을 긁고 있었다.

'나는 절대로 지지 않을 거야.'

부선이는 이를 악물고 다짐했다. 하지만 옆에 앉은 무형이와 더큐를 보는 순간 결심이 와르르 무너져 내렸다.

'내가 저런 애들과 한 팀이 되다니. 이제 이 노릇을 어쩐다.'

부선이의 마음속에는 눈물이 장맛비처럼 내리고 있었다.

진 샘은 아이들이 다 모이자 전국 진로 탐색 대회와 교내 진로 탐색 대회에 대한 안내문과 자료집을 나눠 주기 시작했다.

"교내 대회는 여기 모인 두 팀 중 한 팀을 학교 대표로 선발하는 대회예요."

그러자 두 팀 아이들은 서로를 날카로운 눈으로 바라봤다.

"여기 안내문에 적힌 대회 일정을 잘 보세요. 대회 전에 함께 공부하

는 시간을 가질 건데요, 올해 전국 대회의 주제가 '나를 탐색하다'니까, 교내 대회 전까지는 함께 스스로를 알아 가며 미래를 준비하는 수업을 하게 될 거예요. 여러분이 스스로를 발견해 가는 좋은 기회가 될 겁니다. 지금까지 몰랐던 진짜 자기 자신을 만나는 기회로 삼기를 바랍니다."

부선이는 벌써 대회 일정과 내용에 형광펜을 칠하고 있었다. 무형이는 안내문을 들여다보고는 심장이 뛰기 시작했다.

'필기시험 삼십 점? 뭐야, 이런 얘기 없었잖아?'

어이가 없었다. 진 샘은 한 번도 무형이에게 필기시험을 본다고 말한 적이 없었다. 알았더라면 절대로 참가하지 않았을 것이다. 자기가 출전한다는 것도 웃음거리인데, 자기 때문에 팀이 진다면 학교 애들은 꼴좋다며 비웃을 것이 분명했다.

'어쩌냐. 이제 와서⋯⋯. 때려치워도 소문나고, 떨어져도 난리 나고⋯⋯.'

생각할수록 무형이는 가슴이 벌렁거렸다.

"필기시험은 꼭 봐야 하나요?"

"선생님, 그럼 개인별 필기시험 점수를 합쳐서 팀 점수를 매기나요?"

시험 울렁증이 있는 무형이와 언제나 부선이에게 밀려 이 등을 해 온 이인자가 동시에 질문을 했다.

"그렇지요. 필기시험은 개인당 만점이 30점, 인턴 활동은 70점이 만점이에요. 네 명이 한 팀이니까 합하면 팀의 총점은 400점 만점이 되는 거예요. 인턴 활동은 인턴으로 일하면서 정직하게 임했는지, 자신들의 장점을 잘 활용했는지, 스스로 일을 찾아서 했는지 세 부분을 평가해서 점수를 매겨요. 필기시험 점수보다 인턴 활동에 배점이 높다는 것을 꼭 기억하세요."

진 샘은 그렇게 이인자의 질문에만 대답을 했을 뿐 무형이의 질문에는 답이 없었다. 무형이는 기가 막혔다.

"샘, 동점일 때는 어떻게 되나요?"

상대 팀의 다른 아이가 물었다. 그러자 옆자리에 앉은 아이가 질문한 아이의 팔을 툭 치며 턱으로 무형이를 가리켰다.

"야, 어떻게 동점이 나오냐?"

그러자 상대 팀 애들이 무형이를 가리키며 낄낄 웃기 시작했다. 무형이는 주먹을 불끈 쥐었지만 그래도 어쩔 수는 없었다.

"그때는 인턴 활동 점수가 높은 팀이 이겨요."

상대 팀에서 항의를 했다.

"그건 불공평하지 않나요?"

그러자 참다못한 더큐가 말을 꺼냈다.

"선생님, 인턴 활동 이야기가 듣고 싶은데요. 점심시간이 곧 끝날 것 같아요."

"그래요, 인턴 활동은……."

진 샘은 인턴 활동에 대한 설명으로 말을 이었다.

"므흣, 성공이야. 무형아, 저기 연두가 보고 있어."

더큐가 무형이에게 작은 소리로 속삭였다. 무형이의 끓는 속을 아는지 모르는지 더큐는 그저 진로 상담실에 와 있는 연두에게만 관심이 가 있었다. 남자애처럼 짧은 머리를 한 연두는 야무진 표정을 한 채 진로 상담실로 들어왔다. 연두는 진 샘과 친해서 종종 진로 상담실에 와서 정리 정돈을 돕는다고 했다.

더큐의 소곤대는 소리가 무형이 귀에는 하나도 들리지 않았다. 무형이는 끓어오르는 분노를 지금 터뜨릴지, 참았다가 점심시간이 끝나면 때려치울지, 아니면 그냥 이대로 버텨야 할지 머리가 터질 것처럼 혼란스러웠다.

경쟁 팀은 인턴 활동도 자기들이 이길 거라며 이미 다 이긴 것처럼 들떠 있었다. 하지만 더큐는 부선이와 수지, 무형이를 보며 진 샘이 팀을 그냥 꾸린 것은 아닐 거라고 생각했다. 일단 진 샘을 믿고 열심히 해 보기로 했다.

그때 진 샘이 마지막 공지를 알렸다.

"오늘은 방과 후에 성격 검사와 직업 적성 검사를 할 테니까, 반드시 하교 전에 들러서 검사를 받고 가길 바랍니다. 다음 주부터 모여서 공부를 할 때 필요한 자료니까 꼭 검사하고 가세요. 이상."

그리고 한 주가 지났다. 검사 결과가 나왔고, 처음으로 진로 탐색 프로그램이 시작되었다. 첫 시간의 내용은 '자기만의 코드를 알자'였다.

"여러분이 무언가를 결정하거나 선택할 때 상황마다 다르게 결정했다고 생각하죠. 그런데 그건 사실이 아니에요. 실제로 조사해 보면 어떤 상황에도 늘 같은 방식으로 결정하고 선택해요.”

진 샘은 칠판에 쓴 'RIASEC 자기 코드를 알라'라는 글 아래에 잔뜩 붙여 놓은 배우들의 사진을 보여 주며 말했다.

“오늘은 지난주 여러분의 직업 적성 검사와 성격 검사 결과지를 보고 재미있는 수업을 준비했는데요, 여러분이 무언가를 결정할 때 늘 같은 방식으로 선택한다는 것을 보여 줄 거예요. 여기 칠판에 붙어 있는 인기 최고의 배우들의 사진이 있지요. 자, 이제 나와서 여러분 마음에 드는 남녀 배우 사진을 각각 하나씩 가져가세요. 아마 깜짝 놀랄 만한 일이 벌어질 거예요.”

아이들은 수많은 배우들의 사진에 눈이 휘둥그레졌다. 칠판 앞에 서서 사진을 꼼꼼하게 살피며 고르기 시작했다.

“선생님, 이 사진이 좀 야해요.”

제일 먼저 무형이가 몸에 짝 달라붙는 가죽옷을 입고 경주용 자동차에 올라탄 여배우 사진과 자기 집 인테리어를 직접 하는 작업복 차림의 남자 배우 사진을 고르며 말했다.

“그건 섹시한 거야.”

부선이가 자기가 고른 사진을 보여 주며 말했다. 부선이가 고른 여배우 사진은 의사 가운에 청진기를 목에 걸고 긴 생머리를 고무줄로 질끈 묶은 모습이 담긴 것이었다. 또 한 장은 멋진 유리 건물에 값비싼 가구들이 갖춰진 사무실에서 열심히 일하는 모습의 남자 배우 사진이었다.

수지는 음악을 전공한 미스코리아 출신 여배우 사진을 선택했다. 무형이는 수지가 고른 사진 속 여배우가 꿈에서 본 여자 친구와 많이 닮았다는 생각을 하며 깜짝 놀랐다. 훤칠한 키와 몸매, 옷 입는 스타일까지 비슷해 보였다.

'어라? 수지가 원래 저렇게 예쁜 애였나……?'

무형이는 자기 꿈속의 주인공과 비슷한 배우의 사진을 수지가 집어 들자 갑자기 심장이 빠르게 뛰기 시작했다.

경쟁 팀 아이들이 모두 사진을 골라 가져간 뒤 마지막으로 더큐가 사진을 골랐다. 유기견을 끌어 안고 있는 소탈한 옷차림의 여배우 사진과 아프리카 구호소에서 봉사 활동을 하는 나이 든 남자 배우의 사진이었다. 역시 더큐스러웠다.

사진을 고르는 모습을 지켜보던 진 샘은 예상했던 결과였는지 고개를 끄덕이며 매우 흐뭇해했다.

"자. 이제는 교실 뒤편으로 모두 모이세요. 여기에 펼쳐 놓은 봉투들 속에는 여러분의 성격 검사와 적성 검사 결과지가 들어 있어요. 봉투 위에 붙어 있는 직업 사진이 보이죠? 이번에는 여러분이 선택하고 싶은 직업 사진이 붙은 봉투를 골라 가세요. 여러분이 가져간 봉투 속에는 여러분의 검사 결과지가 들어 있을 거예요."

아이들은 설마 하는 표정으로 교실 뒤쪽으로 걸어갔다. 교실 뒤에는 책상들이 길게 연결되어 있고 그 위로 봉투가 줄지어 놓여 있었다. 그 봉투의 겉면에는 사진이 붙어 있었는데 그 사진들은 댐을 건설하는 모습부터 우주 정거장에서 일하는 모습까지 다양한 분야의 모습이 담긴 사진이었다. 두 팀의 아이들은 서로 의논하며 자기 사진을 고르기 시작했다.

"진짜 내가 고른 봉투 속에 내 결과지가 들어 있을까?"

아이들은 한참을 수군대며 봉투를 들었다가 내려놓았다를 반복했다. 배우의 사진을 고를 때보다 조금은 진지한 모습이었다. 드디어 모두 봉투를 하나씩 가지고 자기 자리로 돌아가자 진 샘은 본격적인 활동을 진행했다.

"자, 이제 여러분이 고른 봉투를 열어 볼 텐데요. 조금 전에 말한 대로 그 봉투에는 여러분의 검사 결과가 들어 있을 거예요. 그리고 놀라지 마세요. 방금 여러분이 고른 남녀 배우 사진과 같은 사진도 그 봉투 안에 함께 들어 있을 거예요. 틀림없이."

"말도 안 돼요."

"선생님이 우리가 무얼 고를지 어떻게 알고 미리 집어넣었다는 말이에요?"

아이들은 믿을 수 없다며 웅성거렸다.

"봉투 속에 배우 사진은 어제 넣었어요. 여러분의 검사 결과지를 보고요. 틀림없이 여러분이 조금 전에 고른 사진과 같은 사진일 거예요. 지난주의 검사 결과로 여러분의 코드를 알고 있었기 때문에 오늘 여러분이 어떤 사진을 고를지 예측할 수 있었어요."

아무도 진 샘의 말에 동의하지 않았다.

"여러분은 칠판에 붙은 사진을 순간적으로 골랐다고 생각하겠지만,

사실은 여러분이 원래 가지고 있었던 코드대로 고른 거예요. 사람은 무언가를 고르거나 선택할 때 늘 같은 기준을 갖고 선택하거든요. 그래서 그 기준을 안다면 자신이 무엇을 선택할지 예측할 수 있는 거예요. 그 기준이 바로 '자기의 코드'예요. 만약 여러분의 봉투 속 사진과 방금 고른 사진이 같다면, 제 말을 믿어 주기 바라요."

아이들은 빨리 봉투를 열어 보게 해 달라고 책상을 두드리며 재촉했다.

"맞으면 진짜 코드라는 게 있다고 믿을 건가요?"

"예, 믿을게요."

"예, 빨리 열어 봐요."

진 샘은 아이들로부터 믿겠다는 다짐을 하나하나 다 받고 나서야 봉투를 열어 보게 했다.

"자, 그럼 봉투를 열어 보세요."

진 샘의 말에 아이들은 마치 보물 상자를 열 듯 조심스럽게 봉투를 뜯었다. 그러고는 캄캄한 봉투 안을 들여다보며 사진을 꺼내기 시작했다.

"으앗!"

"헐!"

아이들은 비명과 탄성을 지르며 봉투 안에서 사진을 꺼내 들었다. 부선이는 들고 있는 사진과 책상 위의 사진 두 장을 번갈아 보더니 말도 안 된다며 고개를 흔들었다. 아이들 모두 믿을 수 없다는 듯, 어이가 없다는 듯 눈이 휘둥그레진 모습이었다.

"여러분이 항상 같은 기준으로 무언가를 선택한다는 것을 여러분의 눈으로 직접 확인한 것뿐이에요. 물건을 살 때, 친구를 사귈 때, 책을 고를 때, 무엇보다 여러분의 진로를 선택할 때도 여러분은 늘 똑같은 기준으로 선택한다는 것이죠. 즉 자기만의 코드를 따라 결정한다는 거예요. 그렇기 때문에 여러분은 봉투에 든 성격 검사와 적성 검사의 결과지를 잘 읽고 자기 자신을 정확하게 이해할 필요가 있어요."

진 샘은 모두 검사 결과지를 꺼내게 한 뒤 각자 자기의 코드를 찾아 형광펜으로 밑줄을 긋게 했다. 결과지를 읽으며 아이들은 신기하다는 듯 밑줄을 긋기 시작했다.

처음으로 만나는, 자기도 몰랐던 진짜 자기 자신의 모습을 결과지에서 찾아 읽고 있었다. 잠시 후 진 샘은 자기가 결과지에 밑줄 그은 부분만 모아 도화지에 옮겨 적게 했다. 그리고 그 정리한 내용을 삼 분 동안 발표를 하는 시간을 가졌다.

"저 맹무형은 이런 사람입니다. 먼저 저는……."

두 팀이 번갈아 발표를 했는데, 서로 경쟁하는 팀이란 사실도 잊고 모두 자기를 소개하는 데 몰두했다. 자기만의 코드가 있다는 것을 새롭게 발견한 아이들은 진지해졌다. 처음으로 자신을 알아 가는 진로 탐색의 여정을 시작한 것이다.

"저 함수지는 이런 사람입니다. 저는 새로운 것을 만드는 일을 좋아합니다. 또한……."

모든 아이들이 자기 결과지를 정리하고 발표하는 시간을 마쳤을 때

진 샘이 아이들에게 물었다.

"꿈은 여러분의 코드와 어떤 관계일까요?"

아이들은 궁금한 듯 진 샘의 답을 기다렸다.

"우리에게는 DNA와 RNA라는 유전 물질이 있어요. DNA는 부모로 부터 물려받은 유전 정보를 가진 물질이고, 그 유전 정보를 복제하여 우리가 성장할 수 있도록 돕는 유전 물질이 RNA예요. 만약에 여러분의 타고난 재능을 DNA라고 말한다면 그 재능을 실현시켜 여러분을 성장시킬 수 있게 하는 것은 RNA라고 해야겠죠. 즉, 꿈을 RNA라고 말할 수 있겠죠. 만약 꿈 RNA가 없다면 아무리 좋은 재능을 가지고 있어도 결국 자기 인생에서 그 재능을 발휘하지는 못할 거예요. 그러므로 꿈 RNA를 갖는 것은 참 중요해요. 꿈 RNA는 자기가 원하는 인생을 만들게 도와주니까요. 혹시 여러분에게 꿈이 없다면 이제부터 찾아야 해요. 그러지 않으면 재능을 펼치지 못하고 되는 대로 살아가는 인생이 되고 말 거예요. 꿈 RNA를 찾는 것은 자기가 원하는 인생을 만들 수 있는 특권을 가진 것과 같아요."

진 샘은 모니터에 '꿈 RNA를 찾는 법'이라는 글을 띄우더니 두 가지 이야기를 했다.

"첫째, 자기의 코드를 알아야 해요. 자기가 어떤 기준을 가지고 선택하고 결정하는지 자기 코드를 이해하는 것이 자신을 이해하는 첫 번째 방법이에요. 둘째로 각 코드별로 관련된 직업군이 있을 거예요. 그중에서 자기 코드와 관련된 직업군에 관심을 가져 보세요. 그 안에는 여러분이 지치지 않고 잘할 수 있는 일들과 여러분이 살고 싶은 삶과 관련된 직업이 있을 거예요. 그것이 바로 여러분의 꿈 RNA예요. 그 꿈 RNA를 찾아서 여러분이 원하는 삶을 만들어 갈 수 있기를 바랍니다."

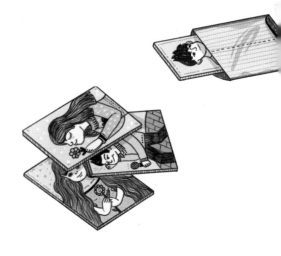

내 안의 나를 만나다♪

무형이는 요즘 점심시간이 되면 허겁지겁 밥을 먹고 스터디를 하러 계단을 뛰어 올라간다. 일단 진로 상담실에 들어가면 그때부터 계속 모르는 것에 시달린다. 몰라도 버티고, 헤매도 버틴다. 한마디로 괴로운 시간이다. 하지만 무형이는 그곳으로 매일 뛰어 올라가는 자신이 대견스럽다. 그래서 계단 옆 유리창에 비친 자기 모습을 보며 싱긋 웃기도 한다. 그러면 그 힘겨운 시간을 버틸 힘이 생기는 것 같다.

진로 상담실에 도착하면 시작하는 첫 번째 훈련은 '오 분 글쓰기'이다. 아이들은 오 분 글쓰기를 '오글'이라고 줄여 불렀는데, 이 시간이 부담스럽고, 한편으로 자기 이야기를 꺼내자니 쑥스러워 붙인 이름이기도 하다.

"오늘 또 오글하려니까 오글거린다야. 킥킥."

"그러게."

글 쓰기 전에 아이들은 이렇게 한 번씩은 꼭 투덜거렸는데 여기에는 그만한 이유가 있다. 바로 오글의 규칙 때문이다.

오글은 오 분 동안 글을 쓰되 쓰는 동안 절대 연필이 멈추면 안 된다. 글을 쓰다가 지우개로 지워도 안 된다. 고치고 싶은 부분이 있으면 그 위에 선을 긋고 계속 써야 한다. 만약 일 초 이상 연필을 멈추면 규칙 위반으로 감점을 받는다.

오 분 동안 연필을 멈추지 않고 무언가를 계속 쓰는 것은 언뜻 간단해 보여도 막상 해 보면 쉽지 않다. 첫날에는 맹무형과 상대편 한 명이, 둘째 날에는 맹무형과 상대편의 또 다른 한 명이 걸려서 감점을 당했다. 부선이는 무형이를 보면 속이 부글거렸다. 그래서 수업이 끝나자마자 무형이에게 잔소리를 퍼부었다. 정색을 하고 무형이에게 따졌다.

"연필 안 멈추는 것 정도는 할 수 있잖아."

"너만 제대로 해 주면 우리 팀이……."

진로 탐색을 하는 나는 누구인가?

나는 끌려왔다. 나는 공부하기가 실타. 진로 탐색을 왜 해야 하는지도 모른다. 그러치만 해야 한다. 그게 나다.

나는 내가 못한다는 것을 들키기 실타. 이미 내 성적이 바닥이란 것을 모르는 사람이 없겠지만 그래도 아는 척하는 놈들을 보면 기분이 나쁘다.

나는 삥 뜯는 놈들도 그냥 두고 볼 수 없다. 그래서 경찰이 되고 싶지만, 시험을 잘 봐야 된다고 한다. 그래서 나는 경찰이 될 수 없다.

경찰보다 더 하고 싶은 일은 자동차 만들기다. 하지만 그것도 대학을 가야 가능하다고 해서 진작 포기했다. 지금 진로 탐색을 하고 있지만 공부를 못하는 나에게는 아무것도 아니다. 경찰도 안되고 자동차도 못 만드니까.

나는 공부를 잘할 줄 모른다. 아니 잘하고 싶지 않다. 책을 펴면 머리가 아프고 화가 난다. 그냥 투명 인간처럼 살고 싶다. 하지만 당장은 진로 탐색을 잘해야 한다. 나 때문에 우리 팀이 떨어지면 곤란하니까. 지금 진짜 모든 걸 참고, 열심히 하는 거다. 더 이상 쓸 말이 없다. 연필아 계속 뭐라고 말 좀 해라. 응? 제발…… 휴, 5분이란다. 끝났다.

두 팀 모두 감점당하지 않으려고 필사적으로 썼다. 첫날 걸렸던 상대 팀 아이는 노래 가사라도 쓰려고 했다가 그것마저 기억나지 않는 바람에 연필을 멈췄다가 감점을 당했다. 둘째 날 걸린 아이는 글을 쓰다가 막히는 바람에 위에 썼던 말을 여러 번 반복해서 쓴 게 걸려서 감점을 당했다.

"시작!"

진 샘이 외치면 모두 글쓰기를 시작한다. 공사 현장에서 땅을 파는 것처럼 연필이 종이에 부딪히는 소리가 끊임없이 들린다. 진 샘은 그

소리가 자신의 내면으로 들어가는 문을 두드리는 소리라고 말하지만 아이들은 감점을 당하지 않기 위해 자기 머리를 종이에 부딪치는 소리라고 했다.

다들 다음에는 자기가 걸릴 수도 있겠다는 생각이 들었는지 진 샘이 내준 주제에 맞는 소재를 찾는 데 골몰했다. 무형이는 아침에 등교하면서부터 무얼 쓸까 생각하기 시작했다. 막상 글을 쓸 때 그냥 생각나는 대로 쓰다가는 오 분을 채우기 어렵다. 그러니 미리 글의 방향에 대해 생각해 두어야 했다. 진 샘은 금요일에 다음 주에 쓸 주제를 한꺼번에 주었다. 오늘도 글을 쓰기 전에 다음 주 주제를 받았다.

무형이는 혹시 어려운 주제가 있을까 봐 얼른 훑어보았다.

'월요일은 '내가 가진 소중한 것들', 화요일은 '나에게 돈이란', 수요일은 '내가 크게 웃었던 때'. 괜찮아 보인다. 수요일이 좀 신경 쓰이지만.'

올해 전국 대회의 주제가 '나의 탐색'인 까닭에 '나'라는 단어가 들어가는 주제로만 쓰고 있다. 처음에는 고통스러웠다. 아이들도 도대체 왜 맨날 비슷한 주제로 글을 쓰는지 모르겠다며 투덜댔다. 하지만 점점 시간이 지나 그동안 자기 자신에 대해 너무 몰랐다는 사실을 알게 되니 매일 힘들다고 하면서도 참고 할 수 있었다.

오늘도 오글이 끝나자 교실이 조용해졌다. 모두 무심결에 써 놓은 글 속에서 발견한 자기의 생각을 읽느라 글에 푹 빠져 있었다. 금요일에는 한 주간 쓴 오글 중에서 한 편을 골라 발표하는 시간을 갖는다. 그때는 정말 최고로 오글거린다. 하지만 아주 솔직한 이야기가 많아, 같이 웃고 공감하다 보면 서로를 잘 이해하게 된다.

무형이는 오글을 하면서 스스로에 대해 알아 가는 것이 신기했다. 처음에는 자기에 대해 생각하는 이 시간이 고통스러웠다. 우울한 가정 형편과 전교 꼴찌라는 현실 때문에 자신의 진짜 모습을 볼 수 없었다. 그런데 감점당하지 않으려고 고심하다 보니 조금씩 달라지기 시작했다. 아침 먹으면서, 학교에 걸어오면서, 쉬는 시간 화장실에 갈 때도 생각했다. 아무 생각 없이 살았던 무형이였는데……. 시간이 지나면서 꼴찌, 주먹 외에도 자신에게 다른 모습이 많다는 사실을 무형이는 발견했다. 오글 때문에 시작했지만 시간이 지날수록 자신에 대해 생각하는 것이 싫지 않았다. 같은 주제인데도 무형이가 초창기에 썼던 글과 최근에 쓴 글이 눈에 띄게 달라졌다는 것을 진 샘은 알고 있었다. 그처럼 의미 있는 변화가 무형이 안에서 오글대며 꿈틀거리고 있었다.

나는 어떤 사람인가?

나는 내가 생각했던 것보다 훨씬 무식하다. 여기서 배우는 것을 거의 못 알아듣는다. 그래서 처음에는 들어 보려고 하지도 않았다. 하지만 이제는 조금씩 들린다. 같은 말이 반복되는 느낌이랄까? 아무튼 계속 버티고 있어 보려 한다. 알아듣는 말이 아주 조금씩 늘고 있으니까.

하지만 자꾸 기죽는 게 문제다. 부선이랑 더큐는 정말 똑똑하다. 아니 천재 같다. 수지는 그래도 나랑 비슷한 앤 줄 알았는데 그것도 아니었다. 수지도 엄청 똑똑하다. 그러니 경쟁 팀에서 보면 내가 얼마나 우스울까. 처음에는 그것 때문에 괴로워 견딜 수가 없었다. 특히 부선이 앞에서 내가 작아지는 것이 싫다.

공부를 못해도 할 수 있는 게 있을 것 같다는 생각을 요즘엔 많이 한다. 뭘 할 수 있을지 찾으면 좋겠다는 생각도 한다. 진짜 그러면 좋겠다. 그럼 열심히 할 수 있을 것 같다. 예전에는 왜 이런 생각을 안 했는지 후회가 들지만 그래도 그냥 지금부터라도 해 볼 꺼다.

버티는 건 정말 힘들다. 자존심 정말 상한다. 하지만 버틸 거다. 적어도 우리 팀에 민폐는 끼치지 말아야지. 누가 알아? 우리가 이길지……

2장

일에서
나를 찾다

꿈 **N** Navigation [nǽvəgéiʃən] 항해

시작하지 않으면 도착할 수 없다. 포기하지 않으면 언젠가 원하는 목표에 도달할 수 있다. 꿈을 찾아가는 시간은 방황이 아니다. 좌충우돌하며 배우는 것은 가장 소중한 경험이 된다. 웅크리며 힘을 모으라. 그리고 할 수 있는 일을 찾으라. 기록하며 경험을 쌓으라. 언젠가는 이룰 수 있을 것이다.

점수 때문에 괴롭다

새벽 4시, 무형이는 눈을 떴다. 아니 눈이 저절로 떠졌다. 오늘은 기업에서 인턴 활동을 하는 첫날이다. 무형이는 부담감에 세수를 하면서 비누칠을 세 번이나 했다. 뽀득뽀득 소리가 나도록 얼굴을 헹구며 거울을 들여다봤다.

'이번에는 잘하자.'

무형이는 두 주 전에 치른 필기시험에서 최하점을 받았던 일을 떠올렸다. 스스로도, 다른 아이들도 예상했던 대로였다. 그날 이후 싸늘한 부선이의 표정도 표정이지만 자신이 자기 팀을 위기로 몰아넣었다는 생각에 무형이는 날마다 괴로웠다.

아이들은 첫날 받은 두꺼운 자료집을 열심히 공부했다. 특히 수지는 두꺼운 자료집을 받은 날부터 부선이 옆에 착 달라붙었다. 그러고는 한 장 한 장 넘기며 모르는 내용을 부선이에게 몽땅 물어봤다. 공부선도 예전과 달랐다. 싫은 내색 한번 없이 자기 공부를 방해하는 수지를 다 받아 줬다. 심지어 시험 전날 밤에는 수지를 자기 집에서 재웠다. 아니 같이 밤을 새웠다. 수지는 그렇게 시험을 치렀다. 수지는 부선이 덕분에 점수가 누구 못지않게 잘 나왔을 것이다. 문제는 무형이였다. 무형이도 자료집을 읽어 보기도 하고 외우려고도 해 봤지만 다른 나라 말처럼 온통 이해가 되지 않았다. 몇 번이고 때려치우고 싶었지만 그러면 팀이 기권패하는 셈이 되니 그러지도 못했다. 마음을 추슬러 이를 악물고 하는 데까지 해 보았지만 결국 반타작도 못했다. 진 샘은 점수를 공개하지 않았지만 아마 무형이네 팀이 20점은 뒤졌을 것이다. 인턴 활동은 양 팀이 모두 열심히 할 텐데 뒤처진 점수를 어떻게 따라잡을지 무형이는 앞이 깜깜했다.

자기가 팀을 침몰시킬 수도 있겠다는 생각을 하며 무형이는 거울에 비친 자신의 얼굴을 한참 들여다보았다.

'내가 잘할 수 있을까?'

아이들이 인턴 활동을 할 곳은 '케이크 하우스'라는 회사였다. 새로 생긴 아파트 단지와 길 하나를 사이에 두고 오래된 동네가 있는데 그 동네 사거리의 흰색 이 층 건물이 바로 이 회사이다. 1층은 케이크를 파는 매장이고, 2층은 사무실인데 그 건물 뒤편으로 체육관이 딸린 원반 모양의 널찍한 공장이 있다. 그런 외관만 봐서는 일 년에 600억 원어치의 케이크를 판매한다고는 상상할 수 없을 정도로 아담해 보였다. 그러나 이 회사는 지역 사회는 물론, 전국에서도 훌륭한 경영 윤리를 가진 곳으로 유명했다.

무형이와 더큐, 부선이, 수지는 8시 30분에 회사가 있는 사거리에서
모이기로 했다. 학교에서는 오전 9시까지 가면 된다고 했지만, 인턴 활
동 첫날부터 늦는 사람이 생길까 봐 부선이가 부산을 떤 것이다. 인턴
활동에서 무엇이라도 팀에 기여해야겠다고 생각한 무형이는 8시가 채
되기도 전에 사거리에 도착했다. 마지막으로 헐레벌떡 달려온 아이는
더큐였다. 헤헤거리며 다른 셋에게 미안하다고 말하는 더큐는 밤새 뭘
했는지 잠을 못 잔 것처럼 눈이 붉게 충혈되어 있었다.

더큐가 오자 부선이는 케이크 하우스에 대한 설명을 한 번 더 반복했
다. 인턴 활동을 하면서 지켜야 할 사항을 점검하자는 것이었다.

"직원들을 보면 우리가 먼저 인사하자. 상냥하게 굴고……."

수지도 옆에서 거들었다.

"메모는 부선이가 하니까 촬영은 내가 도울게."

부선이는 마지막 기회라며 점검 사항을 거듭거듭 이야기했다. 한참
서로 점검 사항을 확인하는데 건너편 회사 1층 문이 열리더니 한 사람
이 나왔다.

"가자. 우리를 마중 나온 사람 같아."

"그래, 잘해 보자."

넷은 비장한 목소리로 파이팅을 외치고 길을 건너 케이크 하우스 앞
으로 갔다.

"어서 와요. 안으로 들어갑시다."

홍보 팀장이라는 사람은 짧게 자기소개를 한 뒤 매우 형식적인 태도

로 넷을 맞이했다. 내심 기대했던 인턴 활동이라 팀장의 태도에 네 사람은 조금 실망감을 느꼈다.

'뭐지? 왜 저렇게 딱딱하게 굴지?'

실망한 눈빛을 주고받자, 부선이가 눈짓으로 집중하자는 메시지를 날렸다. 팀장은 1층 매장 문을 열고 넷을 안으로 안내했다.

문이 열리는 순간 선반 위에 가득 놓인 갓 구워진 케이크들의 달콤한 향기가 쏟아져 나왔다. 수지는 일하는 직원들에게 일일이 다가가 먼저 인사하며 싹싹한 모습을 보였다. 제법이었다.

팀장은 아이들에게 안내 유인물을 나눠 준 뒤에 케이크 하우스에서 판매하는 상품과 케이크 만드는 과정을 보여 주었다. 밀가루를 반죽하는 모습부터 크림을 만드는 과정, 케이크 시트를 구워 내고 빵에 하얀 크림 옷을 입혀 예쁘게 장식하는 과정까지 하나하나 다 볼 수 있었다. 부선이는 팀장이 설명하는 내용을 작은 수첩에 받아 적었고, 수지는 휴대 전화로 사진을 찍으며 어느 하나도 놓치지 않으려 했다. 그런 모습을 본 무형이는 더 미안한 마음이 들었다.

'아니지. 지금부터라도 열심히 하자. 더는 우리 팀에게 민폐가 돼선 안 돼.'

무형이는 마음을 다잡으며 케이크 만드는 과정을 하나하나 눈여겨보았다.

모든 설명을 마친 홍보 팀장은 넷을 2층 영상 회의실로 안내했다. 평소에는 한곳에 모이기 힘든 사장이나 회사 임원들이 영상을 통해 회의를 하는 곳이지만 인턴 기간 중에는 네 사람이 과제를 수행하는 작업 공간으로 쓰일 것이라고 했다. 과제가 담긴 봉투는 이미 회의실 책상에 놓여 있었다.

"오늘과 내일 이곳에서 일한 대가로 각자 일당을 받게 될 거예요. 먼저 여기에 서명해 주세요."

팀장의 말에 생각지도 않던 용돈이 생긴다는 것을 알고 모두 기분이 좋아졌다. 팀장이 나가자 넷은 과제 봉투를 집어 들고 앉아 머리를 모았다.

"얼른 꺼내 봐."

수지가 봉투를 열었다.

"헐, 이건 뭐지?"

어려운 문제가 나올까 봐 걱정했는데 예상보다 쉬웠다.

"너무 쉬운 거 아냐?"

수지는 과제가 적힌 종이를 펼쳐 들었다. 과제 내용을 읽은 부선이도 수지와 같은 표정이었다.

케이크 하우스 인턴 과제

이름: _____

1 이곳에서는 무엇을 팔고 있다고 생각하나요?

2 이곳에서 일할 때 가장 강조하는 것 두 가지를 쓰세요.

3 직업을 선택하고 그 일을 할 때에 필요한 것은 무엇이라고 생각하나요? (200자 내외)

그러나 더큐는 꼼짝 않고 앉아서 문제를 뚫어지게 바라보았다.

"아니야. 그렇게 쉽게 찾을 수 있는 답을 쓰라는 것 같지는 않아."

더큐의 말에 콧노래를 흥얼거리던 수지는 고개를 저었다.

"아니긴. 1번 '파는 것은 무엇인가?' 답 '케이크', 2번 '중요하게 여기는 것은 무엇인가?' 답 '손님과 이익' 뭐 이런 거 아니겠어? 회사는 돈을 버는 데니까."

수지의 말에 무형이도 그런 것 같다고 말했다.

"그렇게 쉬운 답이라면 경쟁 팀도 쉽게 맞출 텐데……."

더큐는 아닌 것 같다며 일단 일을 하면서 좀 더 생각해 보자고 했다. 무형이는 주섬주섬 자료집을 꺼내 형광펜 그은 곳을 읽었다.

"기업이란……. 기업이 추구하는 것은……."

천장에 달린 감시 카메라가 소리 없이 그들을 지켜보고 있었다.

점수보다 중요한 것이 있다

잠시 휴식 시간을 가진 뒤 본격적인 일을 시작했다. 첫 번째 맡은 일은 종이 상자를 접어서 롤 케이크를 포장하는 일이었다.

"우리가 포장하는 케이크 개수도 점수에 들어가는 건 아닐까?"

부선이가 수지에게 물었다.

"그러게. 어떻게 하지? 빨리빨리 해야 하는 거 아니야?"

"아닐 것 같은데. 케이크도 다치지 않게 넣어야 하고 예쁘게 포장도 해야 하잖아. 이렇게 포장을 정성스럽게 하는 곳에서 누가 더 많이 포장하느냐로 점수를 매기진 않을 것 같아."

둘의 대화를 듣던 무형이가 제법 논리적인 답을 내놓았다.

"그래, 무형이 말이 맞아. 예쁘게 잘 접어서 넣는 게 중요할 것 같아."

더큐가 맞장구를 쳤다.

그때 회사 사람들이 케이크와 포장 재료들을 회의실로 옮겨 왔다.

"두 시간이면, 상자 만들고, 포장하고……. 시간이 부족하진 않겠어. 서로 잘할 수 있는 일을 나눠 맡는 게 어떨까?"

더큐가 나서서 역할을 나누었다. 그러는 동안 무형이는 회의실 가장자리에 있던 긴 테이블과 의자를 날라 와 포장 작업을 쉽게 할 수 있도록 자리를 마련했다. 테이블 위를 물티슈로 깨끗이 닦아 내고 뽀얀 종이를 깔고 각자의 역할을 정했다. 무형이가 납작한 채로 있는 포장용 상자를 접어서 모양을 만들면, 부선이는 상자 바닥을 접고, 더큐가 그 안에 케이크를 넣어서 수지에게 전달한다. 그러면 수지가 상자를 닫고 스티커를 붙여 한쪽에 쌓는 방식으로 작업하기로 했다.

"하나아, 두울, 셋! 파이팅!"

넷은 함께 파이팅을 외치고 나서 각자 맡은 일을 하기 시작했다. 손이 빠른 무형이가 납작한 상자에 잡혀 있는 눌린 선을 따라 접어서 상자를 만들었다. 다른 셋도 순서에 따라 질서 있게 일을 진행했다. 자기가 접어 놓은 빈 상자가 제법 쌓이자, 무형이는 수지가 포장을 끝낸 케이크를 다른 한쪽으로 옮겨다가 쌓기 시작했다. 힘쓰는 일은 모두 무형이가 도맡아서 척척 해냈다.

'진 샘이 무형이를 굳이 팀에 넣으려고 했던 이유가 이거구나.'

더큐는 무형이를 보며 잠깐 이런 생각을 했다. 그때였다. 그만 더큐가 사고를 치고 말았다.

'아, 이런…… 어떻게 하지?'

더큐는 앞이 캄캄했다.

"야, 어떻게 해. 나 사고 쳤어."

더큐가 작은 소리로 말했다.

옆에 앉은 부선이가 더큐가 상자에 넣으려던 케이크를 살피더니 얼른 주변을 둘러봤다.

"어쩌지? 케이크를 넣다가 상자에 긁혔어."

"얼마나?"

"조금."

더큐와 수지가 이야기를 주고받자, 부선이는 조용히 하라며 눈을 찡그렸다.

"야, 야, 그냥 넣고 빨리 작업 계속해. 괜히 망쳤다고 말하면 점수 깎인단 말야."

부선이 표정이 일그러졌다. 더 감점을 당하면 필기시험에서 무형이 때문에 뒤진 점수를 만회할 수 없다는 생각이 들었기 때문이다.

하지만 수지는 망설였다.

"그건 좀 아닌 것 같아, 부선아."

의견이 갈리자 모두 작업을 멈췄다.

"야! 다들 자연스럽게 해. 아무도 눈치 못 채게."

부선이는 무형이의 팔을 잡아당기며 계속 일을 하라고 했다. 하지만 무형이는 벌떡 일어나 흠집이 난 케이크를 자세히 살폈다.

"아아! 무형아, 너 그렇게 하면 어떻게 해. 감점당한단 말이야!"

부선이의 목소리는 더 절박해졌다. 거의 울기 직전이었다.

"부선아, 우리 일당 받는다고 했잖아. 그러면 그 돈으로 이 케이크 사겠다고 하자. 그리고 우리가 먹으면 되잖아. 어때?"

무형이는 담담하게 말했다.

"그게 아니지. 돈보다 점수가 깎이니까 문제지."

부선이는 절망스러워하며 두 손으로 머리를 감쌌다.

작업을 잠시 멈춘 채 서로 의논하는 사이, 홍보 팀장이 회의실로 들어
왔다.

"무슨 일 있나요?"

더큐가 상처 난 케이크를 내밀며 말했다.

"팀장님, 포장하다가 케이크에 흠집을 내고 말았어요."

팀장은 아무렇지 않게 흠집이 난 케이크를 받아 들었다. 그러자 부선
이는 고개를 파묻고 발을 동동 구르며 어쩔 줄 몰라 했다. 감점 걱정으
로 어쩔 줄 모르는 부선이를 뒤로하고 무형이가 나섰다.

"팀장님, 이 케이크는 저희가 받을 일당으로 살게요. 감점은 하지 말
아 주세요."

팀장은 처음으로 웃는 얼굴로 말했다.

"걱정 말아요. 케이크는 작업하다 보면 흠집이 날 수도 있어요. 이런
일로 감점할 수는 없죠. 실수는 있게 마련이니까요."

팀장은 케이크를 들고 옆방으로 사라졌다. 부선이는 동동거리던 발을
멈췄다. 그러고는 감점당한다며 무형이를 몰아세웠던 일이 미안한 듯
쑥스러운 미소를 지었다.

"휴, 다행이다. 부선아, 나 때문에 기분 나빴지? 필기시험도 내가 망
치고……. 미안하다."

시험 이후로 무형이에게 곱지 않은 시선을 보냈던 부선이였다. 하지만 무형이가 솔직하게 사과하자 부선이는 오히려 마음을 들킨 듯 무안해했다. 부선이는 그제야 무형이와 마주 보며 웃을 수 있게 되었다.

다시 모든 것이 제자리로 돌아왔다. 정신을 차리자 째깍째깍 시계 소리가 네 사람 귀에 들려왔다.

"이러고 있으면 안 돼. 다시 시작하자."

아이들은 아까보다 숙련된 손놀림으로 케이크를 포장하기 시작했다. 감점이 아니란 말에 부담이 줄어드니 작업도 아까보다 훨씬 빠른 속도로 이루어졌다. 아이들은 정해진 분량을 모두 포장할 수 있었다.

포장을 끝낸 케이크를 모두 매장으로 옮기고 난 뒤 넷은 다시 회의실에 모여 앉았다. 이때 더큐가 감시 카메라를 의식하며 작은 목소리로 말했다.

"아까 봤니? 팀장님 손에 들려 있던 거?"

무형이가 고개를 끄덕이며 입을 손으로 가린 채 속삭였다.

"우리를 감시했나 봐. 분명히 체크 리스트였어."

그러고는 눈으로 감시 카메라를 가리켰다. 순간 부선이가 다시 발을 구르기 시작했다.

"그럼 아까 내가 흠집 난 케이크 그냥 포장하자고 했던 것도 봤겠네. 어쩌지?"

"쉿!"

무형이가 손가락으로 입을 막자, 다들 침을 꼴깍 삼켰다. 무형이는 종이를 꺼내 감시 카메라 위치를 그려 보여 주었다.

"모두 여섯 개야."

부선이의 표정이 더 심각해졌다.

그제야 모두들 영상 회의실에서 케이크 포장 작업을 시킨 이유를 알아챘다. 아까 잠깐 작업이 멈춘 순간 팀장이 나타났던 것은 바로 감시 카메라 덕분이었다.

"어떻게 해. 그럼 내가 감추자고 했던 것까지 다 찍혔을 거 아냐?"

부선이가 초조해했다.

"괜찮아, 부선아. 결국 사실대로 말했잖아. 그리고 감점 안 하겠다고 팀장님도 확인해 주셨잖아."

"그렇지, 맞아. 감점 아니라고 했어. 휴, 정말 다행이야."

부선이는 길게 한숨을 쉬며 가슴을 쓸어내렸다. 홍보 팀장은 옆방에서 이런 넷의 모습을 귀엽다는 듯 지켜보고 있었다. 그의 손은 이 모든 과정을 체크 리스트에 빼곡히 기록하고 있었다.

오전 작업 시간이 끝났음을 알리는 음악 소리가 나오자, 직원들은 일제히 일어나 기지개를 켜며 오늘 식당 메뉴가 뭐냐며 서로 물었다.

"배고프다. 케이크를 앞에 놓고 포장만 했더니 더 배고픈 것 같아. 매장에는 시식용 케이크도 있던데, 어떻게 먹어 보라고도 안 하고 일만 시키니? 너무 치사하다."

수지가 식당으로 가며 큰 소리로 말하자, 부선이는 기겁을 한다.

"야, 들으면 어쩔려고. 감점당할 수도 있어."

부선이는 인상을 쓰면서 검지로 몰래 감시 카메라를 가리켰다. 그러자 수지가 깔깔거렸다.

"야 공부선, 그거 어디에서 배운 춤이냐? 다시 한번 해 봐. 정말 웃긴다, 얘."

"그만해, 쪼옴."

부선이의 조바심을 내는 동작에 무형이와 더큐도 깔깔댔다.

식당은 체육관을 활용해 사용하고 있었다. 팀장은 식사 시간이 아닐 때는 이곳에서 직원들이 운동을 한다고 했다. 식당 뒤쪽에는 수영장이 있는데 하루 한 시간 체육관이나 수영장에서 운동을 할 수 있다고 했다.

"일하는 시간에 운동을 한다고요? 그러면 그만큼 일을 못 시키니까 회사에 손해잖아요?"

부선이다운 질문이다.

"직원들 모두 행복하게 살기 위해 일하는 거잖아요. 그러니 회사는 직원들이 행복하게 일할 수 있도록 해 줄 필요가 있죠. 직원들이 건강하게 일하고, 또 서로 친하게 지낸다면 훨씬 더 많은 성과를 낼 수 있으니까요."

팀장은 운동 시간의 의미를 그렇게 설명했다.

"사람들이 일을 대충 할 수도 있잖아요. 한 시간 운동하는 척하면서 두 시간씩 논다거나……."

더큐가 그렇게 묻자 다른 셋은 "그건 네 얘기잖아"라고 핀잔을 주었다. 팀장은 빙그레 웃으며 설명을 이어 갔다.

"그렇지 않아요. 회사가 직원을 인격적으로 대하면 직원도 그런 회사를 소중하게 여기게 돼요. 회사가 잘되기를 바라는 마음이 생기고, 자기 회사라는 생각도 들기 때문에 각자 자기 일을 열심히 하게 돼요. 여러분이 걱정하는 그런 행동을 한 사람은 아무도 없었어요."

'그렇구나. 사람들을 마구 부려 먹어 돈만 많이 벌려는 회사만 있는 건 아니구나. 서로 행복해지기 위해 일하는 회사도 있었구나.'

넷은 고개를 끄덕이며 이런 회사에서 인턴을 하게 된 것을 다행스러워했다.

"나도 이런 회사에서 일하고 싶다."

수지는 몹시 부러운 표정으로 팀장을 바라보았다.

이런 일까지 해야 하다니

점심 식사는 꽤 맛있었다. 점심을 먹으며 수다를 떨다 보니 회사가 제법 눈에 익숙해졌다.

오후 업무는 1층 케이크 하우스 매장에서 케이크를 판매하고 배달하는 일이었다. 일을 시작하기 전에 아이들은 의상실에서 옷을 갈아입었다. 그곳에는 각 나라 전통 의상과 여러 캐릭터 의상 들이 걸려 있었다.

"부선아, 정말 예쁘다. 너 진짜 스위스 여자 같아."

더큐의 말에 부선이는 낄낄거렸다.

"수지 넌 완전 하이디인데."

무형이의 칭찬에 "진짜?"를 연발하며 수지도 신이 났다. 평소 무덤덤한 무형이가 칭찬을 해서인지 귓불까지 빨개지며 어쩔 줄 몰라 했다.

"수지야, 이게 진정한 옷발이거든?"

더큐는 스위스 남자의 전통 의상을 입었다. 머리가 큰 탓에 모자가 잘 들어가지 않았지만, 부선이가 모자를 안 쓰면 감점당할 수도 있다며 억지로 모자를 눌러 씌웠다. 얼마나 세게 눌렀던지 결국 더큐의 큰 머리가 그 작은 모자에 들어가고야 말았다.

　모두 그럴듯하게 차려입고 판매 교육을 받기 시작했다. 첫 번째 교육은 케이크의 특징과 가격을 외우는 것이었다.

　"적힌 걸 보면서 말하면 안 돼요. 케이크를 보면서 특징과 가격을 기억해 말하는 것이 기본이에요. 그래야 손님들이 신뢰하거든요."

　매장 매니저는 설명이 끝나면 질문을 받은 다음 외울 시간을 오 분 정도 주겠다고 했다. 그런 뒤 시험을 보겠다며 과제 방법을 말해 주었다.

　"아직 케이크를 먹어 보지도 못했는데요?"

　더큐는 케이크가 어떤 맛인지도 모른 채 그냥 외운 대로 손님에게 설명하는 것은 문제가 있다며 입맛을 다셨다.

　"맞아요. 먹어 볼 수 있으면 금방 외울 텐데요. 또 먹어 봐야 정확하게 설명할 수도 있구요."

　그렇지 않아도 케이크가 먹고 싶었던 수지도 맞장구를 쳤다.

　'애들이 감점이라도 당하면 어쩌려고 저러지?'

　부선이는 중간에서 눈치만 살피며 전전긍긍하고 있었다. 그러나 매니저는 아무런 대꾸도 하지 않고, 쌀쌀맞게 제품에 대한 설명을 이어 갔다.

　"이 까맣고 조그만 초콜릿 케이크는 수험생을 위한 케이크예요. 고급 유기농 코코아와 유기농 잼을 넣어 만든 영양 만점 케이크지요. 첨가물이 없는 이 케이크는 밤늦게까지 공부하는 수험생의 두뇌 회전에 많은 도움이 돼요. 이 케이크를 먹고 전국 수석을 했다는 사연이 텔레비전으로 여러 번 방송된 후로 입시 철이 되면 나오는 대로 다 팔리는 인기 상품이 되었어요."

이어서 수십 종의 케이크에 대한 설명이 이어졌다. 케이크 설명을 마친 매니저는 케이크를 주문 받는 과정도 설명하기 시작했다. 직접 인터넷 창을 열어 버튼을 하나씩 눌러 가며 주문 과정을 보여 주었다.

"케이크를 주문할 때 기념 카드도 함께 전달할 수 있는데요. 여기에 쓰고 싶은 내용을 적으면 돼요. 다 쓴 뒤 '전송'을 누르면 이 내용이 곧장 우리 회사 프린터로 인쇄가 되죠. 그러면 저희 팀에서 프린트된 내용을 손으로 직접 카드에 옮겨 적어요. 프린트한 카드보다는 손 글씨로 쓴 카드가 더 정겹게 느껴지니까요."

손님을 생각하는 따뜻한 서비스 내용과는 달리 매니저의 말투는 무미건조했다.

그렇게 설명을 끝내자마자 매니저는 초시계로 시간을 재려고 했다. 이제 오 분 안에 설명한 내용을 외우라는 뜻이었다. 이때 더큐가 재빠르게 손을 들었다. 더큐는 매니저가 설명한 내용을 그대로 반복해서 말한 뒤 질문을 했다.

"매니저 님, 아까 설명하실 때 저 시폰 케이크는 버터케이크보다 포화지방이 적어서 건강에 좋다고 하셨는데요. 냉장 보관을 해도 딱딱해지지 않고 계속 촉촉한 비결은 무엇인가요?"

더큐의 질문을 듣자 매니저의 눈빛이 빛났다.

'저 녀석은 지금 진짜 비결이 궁금해서 질문한 게 아냐. 다른 팀원들에게 복습시키려고 제품 특징을 다시 설명하고 있어.'

하지만 무시할 수는 없었다. 규정에는 분명 질문하는 시간을 가진 뒤에 오 분간 암기하게 하라고 적혀 있었기 때문이다. 지금 더큐는 그 규정을 활용하고 있었다. 매니저는 대답하지 않을 수 없었다.

"시폰 케이크에는 기름과 달걀이 많이 들어가는데요, 기름이 액체 상태로 유지되기 때문에 차가워져도 굳지 않고 촉촉한 거예요."

설명이 끝나기가 무섭게 더큐는 다음 질문을 던졌다.

"매니저 님, 저 예쁜 케이크는 백 일 된 연인끼리 사랑을 고백하는 케이크라고 말씀하셨잖아요. 금반지를 속에 넣어 굽기도 한다고 했는데, 그럼 하루에 이 케이크를 몇 개나 만들고 또 그중에 금반지가 들어간 케이크는 몇 개 정도인가요?"

'이 녀석이.'

매니저는 속으로 '끄응' 소리를 냈다. 하지만 답할 수밖에 없었다.

두 번째 질문을 듣고서야 무형이는 더큐의 의도를 알아차렸다. 더큐는 아주 순진한 표정을 지으며 매니저의 답을 기다리고 있었다. 매니저는 당혹스러운 표정을 감추지 못했다.

"예, 이 사랑 고백 케이크는 하루에 천 개를 만드는데, 그중에 열 개의 케이크에 금반지가 한 쌍씩 들어 있어요."

매니저의 답에 넷은 탄성을 질렀다. 어둡고 우울하던 암기 시험의 터널을 빠져나올 수 있겠다는 기쁨이 묻어 있었다.

"진짜 금인가요?"

"예. 진짜 금반지를 케이크 속에 넣어 만들어요. 그래서 매일 열 쌍이 금반지를 받는 행운을 누리지요. 행운의 커플들 중에서 부부가 탄생하면 그중 매년 두 쌍을 추첨해 해외여행 티켓을 보내 주고 있어요."

"우아, 짱이다."

넷은 마치 자기들의 일인 양 박수를 치며 환호했다. 더큐는 담담하게 질문을 이어 갔다. 그럴수록 매니저의 얼굴빛은 어두워졌고, 넷의 표정은 밝아졌다. 더큐의 연속 질문으로 휴식 시간도 없이 암기 시험을 쳐야 했지만, 그래도 더큐 덕분에 모두 만점을 받을 수 있었다.

'더큐 저 녀석은 어떻게 저 많은 것을 기억하고 또 질문까지 할 수 있지?'

테스트에 통과했다고 매니저가 말하는 순간, 무형이는 더큐의 빨갛게 충혈된 눈을 보았다. 순간 자신이 생각한 '최선을 다하자'의 의미가 더큐와는 달랐다는 것을 깨달았다. 무형이는 그저 현장에서 닥친 일을 열심히 하는 것이 최선이라고 생각했다. 그런데 더큐는 있을지도 모를 만약의 상황까지도 다 준비하는 것이 최선이라고 생각했나 보다. 무형이와 다른 팀원들을 위해 더큐는 밤새 준비했던 것이다. 케이크 하우스 홈페이지에 있는 내용을 몽땅 외운 모양이었다.

무형이는 더큐의 충혈된 눈을 기억하기로 했다. 그리고 자기가 할 수 있는 최선이 무엇인지 다시 살펴보기로 했다. 자신을 위해, 팀을 위해……

다음 과제는 손님이 주문한 케이크를 정확한 시간에 배달하는 일이었다. 생일 축하 케이크 두 개를 십 분 거리에 있는 공장형 아파트 사무실로 배달해야 했다. 넷은 배달을 하기 위해 입고 있던 전통 의상을 벗고

일에서 나를 찾다 81

캐릭터 의상으로 갈아입어야 했다.

"평소에는 오토바이를 타고 배달을 나가지만, 오늘은 회사 설립 초창기 때 배달하던 방식대로 자전거를 타고 배달을 나갈 거예요."

인솔 직원이 말했다.

밖은 햇볕이 따가웠다. 얼마 가지 않아 캐릭터 의상을 입은 넷의 몸에는 땀이 비 오듯 흘렀다. 그래도 시간을 정확히 지켜야 했기 때문에 쉬지 않고 달리고 또 달렸다.

"이건 직원들을 혹사시키는 거라고. 이깟 케이크 두 개 팔려고 이렇게 고생을 해야 한단 말이야?"

넷은 헉헉대며 불평을 늘어놓기 시작했다. 진로 탐색 대회가 시작된 후에 더큐가 불평하는 건 처음 있는 일이었다. 아이들의 온몸이 땀에 절고, 더큐의 불평이 슬슬 욕으로 바뀔 무렵 드디어 목적지에 도착했다. 무형이는 지치고 힘들었지만 얼른 화장실로 가 차가운 물로 세수를 간단하게 하고 의상을 고쳐 입은 뒤 제일 먼저 사무실로 향했다. 친구들이 한숨 돌리는 사이, 케이크의 주인공을 찾아 소개를 한 뒤 준비해 간 케이크를 책상에 올리고 초를 꽂아 준비를 마쳤다. 초에 불을 붙이자, 다른 회사 직원들이 케이크 주변으로 모여들기 시작했다. 넷은 신 나게 생일 축하 노래를 불렀다.

'배달 사원에게 노래, 춤까지 시키다니. 아주 나쁜 회사야. 망해 버려라.'

노래를 부르며 수지는 생각했다.

'이 회사는 완전 돈을 쓸어 모으겠다. 이렇게 서비스를 하는데 누가 싫어하겠어? 나 같아도 케이크를 주문하겠다.'

같이 화음을 넣으며 부선이는 생각했다.

"아저씨, 힘들지 않으세요?"

생일 케이크 배달을 끝내고 나오는 길에 무형이가 인솔 직원에게 물었다.

"아니, 난 이 일이 좋아요. 그리고 행복해요."

흐르는 땀을 닦으며 직원이 말했다.

'헐, 좋다고? 말도 안 돼! 이 회사 직원들 이상한 것 같아.'

무형이는 도저히 이해할 수 없었다. 다른 셋의 표정도 무형이와 마찬가지였다. 케이크 하우스로 돌아온 넷은 감시 카메라를 피해 비상구 옆 복도로 몰려갔다.

"무슨 회사가 케이크를 이런 식으로 배달하냐?"

"이렇게 직원을 부려 먹어도 되냐?"

"완전 죽음이다."

"나쁜 회사야. 고발해야 돼."

더큐를 비롯한 넷이 모두 욕쟁이로 변하고 나서야 케이크와 함께 한 뜨거운 하루가 끝이 났다.

5시가 되자 업무 종료를 알리는 음악이 회사 곳곳에 설치된 스피커에서 흘러나왔다. 점심때와 마찬가지로 직원들은 일제히 일어나 기지개를

켰다. 무형이는 음악에 맞춰 행동하는 직원들의 모습을 보며 회사는 참 재미난 곳이라고 생각했다. 일을 마치고 2층 회의실에 모이자, 홍보 팀 장은 일당이 담긴 흰 봉투를 하나씩 나눠 줬다. 봉투를 받는 순간 무형 이는 감전된 것처럼 짜릿한 느낌을 받았다. 세상에 태어나 처음으로 번 돈이었다. 봉투를 열어 한 장 한 장 세어 보고 또 세어 보는데 기분이 정 말 좋았다. 설날에 절하고 받는 세뱃돈보다도 적은 금액이었지만, 빳빳 한 돈의 촉감과 함께 느끼는 자랑스러움을 뭐라 설명해야 할지 몰랐다.

'직접 일해서 돈을 버는 기쁨이 이런 건가.'

봉투를 만지작거리며 무형이는 친구들의 행복한 얼굴을 바라보았다.

하지만 회사 밖으로 나와 근처 공원에 앉으니 조금 전까지 느꼈던 행 복은 온데간데없이 사라졌다. 넷은 볼멘소리로 불평을 늘어놓기 시작 했다.

"오늘 받은 돈은 고맙지만 케이크 한 조각도 안 주는 건 너무 치사하 지 않냐?"

"오전에 우리가 흠집 낸 케이크 같은 건 먹어 보라고 해도 되잖아. 팔 지도 못할 건데. 어떻게 휙 가져갈 수가 있냐? 아주 그냥, 휙 소리가 나 더라, 치사하게."

하루 종일 케이크 회사에서 일하면서 케이크는 맛도 보지 못했다는 것 때문에 넷은 '치사하게'를 연발하며 케이크 하우스를 씹어 댔다.

"그래서 말인데, 케이크 하우스의 케이크 맛을 한번 봐야 하지 않겠 냐? 과제에 적힌 문제의 정답을 찾으려면 말이야."

무형이는 자기 일당을 모두 내놓겠다고 말했다. 무형이의 제안에 회사 험담은 끝나고 말았다.

"뭐야? 그런 회사에서 나온 케이크를 피 같은 돈을 주고 사 먹자는 거냐, 너는?"

"내일은 한 개 정도 먹으라고 주지 않을까? 자기들도 양심이 있는데."

더큐와 부선이가 반대했지만, 수지는 생각이 달랐다.

"야! 생각지도 않은 돈이 생겼잖아. 대회에서 이기려면 케이크 한 개쯤은 사 먹어야 되는 거 아냐? 나도 낼게. 반씩 내자."

"수지야, 한 개가 아니라 두 개를 사야 해."

"두, 두 개라고?"

"응, 이왕이면 경쟁 회사인 'LA 제과' 케이크도 같이 먹어 보자. 서로 맛과 모양을 비교 분석해 보면 좋지 않을까? 돈은 아깝지만 이기려면 그 정도 투자는 해야 할 것 같아. 어쩌면 맛이 떨어지니까 이상한 옷 입고 노래까지 부르는 것일 수도 있잖아."

"좋아, 무형아. 찬성이야."

더큐와 수지가 찬성하고 나서자, 돈 봉투를 만지작거리며 좋아하던 부선이는 아까워 울상을 지었다.

무형이가 자기 일당을 다 내놓겠다는 것을 수지가 나서서 말렸다. 그리고 넷은 각자의 일당에서 공평하게 돈을 내 케이크를 사기로 결정했다.

잠시 후 무형이와 더큐가 케이크 하우스와 LA 제과 케이크를 들고 돌아왔다. 케이크 상자에서 케이크를 꺼내자, "우아" 하는 감탄사가 절로 나왔다. 넷은 함께 입맛을 다시며 케이크 앞으로 다가와 앉았다.

"우선 어디 케이크가 더 예쁜지 비교해 볼까."

아이들은 보석이나 골동품을 감정하듯 폼 나는 자세로 두 케이크를 이리저리 살폈다. 비교하는 내내 수지가 조잘거렸다. 평소 예쁜 것을 좋아하고 눈썰미도 있는 수지의 말을 들으며 살피니 각각의 장단점이 뚜렷하게 보였다.

각자 관찰한 것을 말하면 부선이가 노트에 빠짐없이 적었다. 넷 다 LA 제과 케이크보다 케이크 하우스 케이크가 더 맛있어 보이고, 향도 좋다고 평가했다. 다만 케이크에 올린 과일은 LA 제과 것이 더 신선해 보인다고 했다.

"자, 이제는 맛을 평가하는 블라인드 테스트야."

부선이는 무형이가 썰어 놓은 케이크 조각을 집어 들었다. 수지와 더큐는 눈을 꼭 감고 아기 새가 입을 벌리듯 입을 있는 대로 크게 벌렸다.

참을 수 있는 공부를 찾아라

블라인드 테스트가 끝나자, 부선이는 평가한 내용을 표로 정리했다. 비교표 작성까지 마친 후, 가방에서 과제가 적힌 종이를 꺼내 펼쳤다.

"애들아, 과제를 읽어 봐. 특히 2번 문제에 중요한 단서가 있는 것 같아. 너희도 그 단서를 찾아봐."

"뭔데, 뭔데?"

셋은 머리를 모았다. 무형이나 수지와는 달리 더큐는 뭔가를 찾은 눈빛이었다.

"혹시 두 가지라는 말이 중요한 단서 아니니?"

더큐는 손가락으로 '가지'라는 단어를 짚었다.

"그렇지, 그렇지."

부선이는 함박웃음을 지었다. 더큐와 한 팀이라는 진 샘의 말에 의아했던 부선이였다. 그러나 학교 밖에서의 더큐는 마치 남자 부선이처럼 똑똑하고 논리적이었다. 무형이와 수지는 서로 얼굴을 마주 보며 영문을 몰라 했다. 그러자 부선이가 설명을 시작했다.

"너희 '질문 속에 답이 있다'라는 말, 들어 본 적 있지? 시험공부할 때 지겹도록 듣는 말이잖아."

무형이는 그런 말을 들어 본 기억이 없었다. 하지만 그냥 고개를 끄덕였다. 그건 수지도 마찬가지였다.

"질문에는 답을 찾을 때 필요한 힌트가 숨어 있을 때가 많거든. 수지야, 2번 질문을 소리 내서 읽어 줄래?"

수지가 천천히 읽었다.

"이곳에서 일할 때 가장 강조하는 것 두 가지를 쓰세요."

수지가 읽는 동안 부선이는 휴대 전화로 사전을 검색했다.

"바로 그거야, 두 가지. 여기 이 화면을 봐."

부선이는 셋에게 사전을 보여 주며 말을 이어 갔다.

"'두 개'와 '두 가지'는 다른 말인데, 여기에 중요한 단서가 숨어 있어. 왜 '두 개'를 쓰라고 하지 않고 '두 가지'를 쓰라고 했는지 생각해 봐."

무형이와 수지는 무슨 말인지 모르겠다는 듯이 부선이를 바라보았다. 더큐만 "그렇지, 그렇지. 역시 공부선!" 하며 감탄하고 있었다.

"자, 사전 정의를 읽어 봐. '개'는 '낱으로 된 물건을 세는 단위'라고 나오지. 즉 보이는 물건을 셀 때 쓰는 말이야. 그런데 '가지'를 검색해 보면, 자 이렇게 나와. '사물을 그 성질이나 특징에 따라 종류별로 낱낱이 헤아리는 말'. 그러니까 성질이나 특징처럼 보이지 않는 것을 말할 때 '가지'라는 말을 쓴다는 것을 알 수 있어. 그렇다면 2번 질문에서 찾으라는 것은 어떤 성질이나 특징인 셈이지."

무형이와 수지는 꿈에도 생각하지 못한 두 단어의 차이를 부선이는 명쾌하게 밝혀냈다. 무형이는 자신도 모르게 감탄이 새어 나왔다.

'공부를 잘한다는 게 저런 거구나. 그냥 잘 외우고 악착같이 책만 보면 전교 일 등을 할 수 있을 거라고 생각했는데, 그것만이 아니었어.'

공부 잘하는 아이를 한 번도 부러워해 본 적 없는 무형이었지만 '개'와 '가지'의 차이를 찾아낸 부선이가 처음으로 부러워졌다.

"넌 의사보다는 탐정이나 검사가 어울리겠다. 그렇지 않냐?"

더큐가 부선이를 치켜세웠다. 더큐의 칭찬에 부선이는 케이크를 포장할 때부터 남아 있던 우울함이 말끔히 사라지는 것 같았다. 부선이는 명랑한 목소리로 답 찾기를 계속했다.

"자, 그럼 2번 질문의 답은 일단 물건은 아니야. 일하면서 보니까 맛과 옷을 중요하게 여겼잖아. 그러니까 이걸 다른 말로 바꾸어 보면 좋겠는데……."

그때 수지가 킬킬대며 말했다.

"맛과 관계있는 단어? '마앗' 아냐? 킥킥."

"그럼 나머지 하난 코스튬을 입었으니까 의심할 여지도 없이 '콧튬'이다, 콧튬. 낄낄."

'마앗'이니 '콧튬'이니 한참을 떠들던 아이들은 추상적인 단어를 두 개씩 각자 찾아오기로 하고 헤어졌다.

몸은 피곤했지만, 무형이는 마음이 오늘처럼 상쾌한 적이 없었다.

둘째 날 아침에도 넷은 함께 모여 출근을 했다. 서로 '출근'이란 단어를 말하며 키득거리던 넷은 회의실에서 일정표를 보자마자 얼굴이 굳어 버렸다. 정말 정신없이 바쁜 일정이었다.

오전 업무는 생산 공장에서 케이크 재료를 만드는 일이었다. 어제보다 더 힘든 하루가 예상되었다.

공장장은 케이크 재료 중 하나인 딸기를 씻고 물기를 빼는 작업도 직접 살폈다. 직접 딸기를 으깨기도 하고, 먹어 보기도 하면서 딸기 상태를 확인했다.

"며칠 전에 비가 많이 와서 그런지 딸기에 수분이 많네요. 오늘은 설탕량을 어제보다 0.5퍼센트 늘리세요."

넷은 약간 놀랐다. 언제나 정해진 방법대로만 케이크를 만드는 줄 알았는데 공장장은 그날그날 재료 상태에 맞춰 각 재료들의 배합 비율을 조절하고 있었다. 그런 다음, 공장장은 조절한 사항을 수첩에 빠짐없이 적었다.

"재료 상태에 따라 혼합 비율을 다르게 해야 케이크를 먹는 사람이 늘 같은 맛이라고 느끼는 거예요. 이렇게 언제나 똑같은 맛을 내도록 하는 것이 진짜 기술이라 할 수 있죠."

공장장의 말은 뜻밖이었다.

"레시피는 정해진 기준일 뿐이에요. 기본 지식, 기초 기술일 뿐이죠. 항상 같은 맛을 내기 위해서는 레시피에 나와 있는 비율을 재료 상태에 따라 세밀하게 조절할 줄 알아야 해요. 그게 고급 기술이죠."

"그럼 공장장님 같은 사람이 되려면 공부를 많이 해야 되나요? 어떻게 하면 될 수 있을까요?"

모두 질문자를 돌아보았다. 무형이다.

"교과서 보면서 하는 공부 말하는 건가요? 그건 꽤 못했어요. 아니 못했기도 했지만, 하기도 싫어 했죠. 그런데 케이크를 만들고 싶어지니까 저절로 케이크에 대한 책을 사서 공부를 하게 되더라고요. 처음에는 읽어도 무슨 말인지 하나도 모르겠더라고요. 내 머리가 나쁜가 싶어서 포기하려고 했지만 케이크를 포기하기는 싫었어요. 그래서 보고 또 봤어요. 그랬더니 조금씩 알겠더라고요. 실력 있는 사람에게 찾아가서 배우기도 하고……. 그렇게 하다 보니 케이크에 대해 조금씩 알게 되었어요. 그때 깨달았죠. '나는 학교 성적만 나빴을 뿐이지 공부를 못하는 사람은 아니었구나'라고요. 케이크 공부는 하고 싶었던 거니까 아주 잘하게 되었잖아요. 하하하. 그러고 보니 질문한 학생도 나랑 비슷한 체질인가요?"

"네."

공장장이 농담처럼 던진 말인데도 무형이는 공부라는 말에 금방 주눅이 들어 작게 '네'라고 대답했다. 공장장은 그렇게 주눅 들 필요도 없다고, 자기가 하고 싶은 일이 생기면 공부도 잘하게 될 거라고 격려했다.

"내 경험으로 볼 때, 공부를 잘해야겠다는 생각보다는 관심이 가는 것을 먼저 찾아보는 게 중요해요. 그러면 저절로 공부가 하고 싶어져요. 정말이에요. 내 주변에도 그런 사람이 아주 많아요. 학교에서는 열등생이었지만, 사회에서는 우등생이 된 사람들 말이에요. 모두 사회에 나와 공부할 것을 찾은 사람들이에요. 성적이 나쁘다고 공부를 포기하면 안 돼요. 내가 하고 싶은 공부를 찾으면 다 잘하게 된답니다."

공장장은 서둘러 반죽 작업장으로 자리를 옮겼다. 무형이도 그 뒤를 놓치지 않고 따라붙었다.

"그러면 하고 싶은 일은 어떻게 찾죠?"

공장장은 걸음을 멈췄다.

"많이 경험해야 해요. 하고 싶은 일이 생길 때까지 가만히만 있으면 안 돼요. 지금은 좋아하는 것이 없어도 여기저기 찾아다니고 이것저것 알아보세요. 그러다가 공부해 보고 싶다는 생각이 드는 것이 나오면 하고 싶은 일을 찾은 것이죠. 이것이 내가 생각하는 경험의 법칙 첫 번째 예요."

누가 시킨 것도 아닌데 무형이가 메모장에 공장장의 말을 적기 시작했다.

푹 빠질 만한 일을 찾기 위해 많은 경험을 하라. 그리고 이거다 싶으면 그것에 푹 빠져라.

"두 번째로 자신의 경험을 기록으로 남겨요. 내가 수첩을 들고 다니며 기록하는 것처럼. 그 기록이 쌓이면 언젠가 자신에게 큰 도움이 될 거예요. 이것이 경험의 법칙 두 번째예요."

무형이는 공장장의 두 번째 말도 빠짐없이 적었다.

경험을 글로 남겨라. 그것이 나만의 지식이다.

공장장은 반죽 덩어리를 늘였다 줄였다 하며 반죽을 점검하면서도 친절하게 이야기를 계속했다. 반죽을 일일이 확인한 다음, 공장장은 넷을 휴게실로 데려갔다.

"포기와 도전은 다른 거예요. 시작한 일에 몰두하라고 했잖아요. 그런다고 해도 하다 보면 아니란 생각이 들 수 있어요. 그럴 때는 그만둬야죠. 그건 포기가 아니에요. 다른 일을 찾아 가는 것이니까, 새로운 도전인 셈이에요. 포기란 한두 번 하고는 더 이상 다른 일을 찾지 않는 것이에요. 포기하지 말고 자기가 하고 싶은 일을 계속 찾아보세요."

무형이는 공장장의 말을 한마디도 놓치지 않고 기록하고 있었다.

포기와 도전은 다르다.

"공부하기가 싫은 사람은 십 분도 책상 앞에 있지 못하죠. 하지만 무능해서 그런 게 아니에요. 십 분 이상 참고 공부할 만한 과목을 아직 못찾은 거죠. 공부를 포기하지 않으려면 십 분 이상 참을 만한 과목을 찾아야 해요. 그게 도전이죠."

기록하다 말고 씨익 웃는 수지를 보고 공장장이 물었다.

"학생, 이름이……. 흠, 수지? 만약 수지 양이 좋아하지 않는 스타일의 남자가 데이트를 신청한다면, 잠깐이라도 데이트를 하겠어요? 오랫동안 참고 만날 수 있겠어요?"

수지는 손사래를 쳤다.

"절대 못하죠. 잠깐도 만나기 싫어요."

"그렇죠? 그래요. 하지만 만약 좋아하는 애가 생겼는데 그 애가 수지 양을 좋아하지 않으면요? 괴롭고 힘들어도 포기하지 못하겠죠?"

"맞아요."

수지는 공장장의 말에 집중하고 있는 무형이의 옆모습을 슬쩍 바라봤다.

"공부나 직업도 그래요. 인내심을 갖고 공부해야지. 또는 참고 일해야지 하는 생각보다는, 먼저 내가 참을 수 있는 공부를 찾아야 해요. 일도 마찬가지고요. 그런 일을 찾으면 오래 할 수 있고, 오래 하다 보면 성공할 수 있어요. 결국 성공은 자기가 오래 참고 할 수 있는 일을 찾았느냐에 달려 있다고 봐요. 그러니 그 일을 찾을 때까지 경험하고 도전하는 것이 가장 중요하겠죠."

무형이는 공장장의 말을 이렇게 적었다.

참을 수 있는 공부를 찾는 것이 도전이다.

공장장은 그런 점에서 자기는 성공한 사람이라고 했다.

"나는 케이크 만드는 일이 좋아요. 내가 만든 케이크 앞에 사람들이 모여 앉아 서로 박수치며 무언가를 축하하잖아요. 함께 케이크를 나눠 먹으며 행복해하고요. 그러니 난 날마다 행복을 만들어 주는 사람인 거예요. 돈을 벌기 위해서 일하는 건 맞아요. 하지만 자기가 하는 일이 다른 사람들에게 행복과 편안함을 줄 때 더 보람을 느끼게 된다는 것도 알면 좋겠어요."

공장장의 말에 넷은 모두 고개를 끄덕였다. 그제야 공장장은 말하는 동안 다 식어 버린 커피로 목을 축였다.

공장장이 커피 잔을 비울 때쯤, 부선이가 어제 넷이 모여 만든 케이크 비교표를 내밀었다.

"이것 좀 봐 주실래요, 공장장님?"

어제 케이크를 먹으며 아이들이 함께 만들 때는 복잡하고 지저분했는데, 밤사이 부선이가 말끔하게 정리해 왔다. 여러 색을 사용해 비교하며 보기도 한결 편했다.

비교표를 훑어보던 공장장은 "오호라" 하며 감탄을 했다. 그러더니 호주머니에서 휴대 전화를 꺼내 홍보 팀장에게 전화를 걸었다.

"홍보 팀장, 지금 만납시다. 우리 친구들이 재미있는 걸 만들어 왔네요. 네, 그럼 그쪽으로 갈게요."

공장장은 아이들을 데리고 사무실로 향했다.

"이것 좀 봐요. 이 학생들 정말 대단하지 않나요? 시키지도 않았는데 이런 걸 만들어 왔어요. 아주 훌륭해요. 우리한테도 정말 도움이 되겠어요. 홍보 팀장, 사장님께 보고하는 게 좋겠어요."

"예, 알겠습니다."

팀장은 바로 전화를 걸어 사장에게 아이들이 만든 비교표에 대해 보고하기 시작했다. 전화하는 동안 공장장은 비교표가 아주 훌륭하지만 오류가 하나 있다고 말했다.

"우리 케이크보다 LA 제과 케이크 위에 올려진 과일이 더 신선해 보인다고 적혀 있는데, 맞아요. 잘 찾았어요. 훌륭해요. 하지만 실제로는 우리 케이크의 과일이 더 신선해요. LA 제과의 케이크 위에 올려진 과일은 광택제가 입혀져 있거든요."

"광택제요? 그럼 과일에 구두약처럼 반짝거리게 하는 약품을 썼다는 건가요?"

넷은 깜짝 놀라 물었다.

"구두약같이 못 먹는 약품은 아니지만 대부분의 케이크들은 과일에 광택제를 입히고 있어요. 케이크를 오래 두고 팔기 위해서죠. 광택제를 바르면 과일이 오랜 기간 신선해 보이거든요. 하지만 우리는 그날 만든 케이크만 팔기 때문에 광택제를 바르지 않아요. 그래서 밤에는 덜 신선해 보일 수도 있지요."

케이크 하우스에서는 팔다 남은 케이크는 어려운 사람들에게 무료로 음식을 나눠 주는 푸드 뱅크로 모두 보낸다고 했다.

"하지만 소비자들은 그런 사실을 모르잖아요. 그 사실을 안다면 케이크 하우스를 더 좋아할 텐데요. 그 점을 회사가 더 부각시키면 좋을 것 같아요."

수지의 이야기에 공장장이 고개를 끄덕였다.

"맞아요. 그 점에 소홀했네요. 좋은 지적이에요."

공장장은 수첩을 꺼내 방금 나눈 대화 내용을 세세히 기록하기 시작했다. 사장과 통화를 마친 홍보 팀장은 공장장과 넷의 대화를 지켜보며 체크 리스트에 뭔가를 꼼꼼하게 적고 있었다.

누군가에게는 희망이다

둘째 날 오후 업무는 1층 케이크 하우스 매장에서 케이크 상자에 넣을 카드를 작성하는 일이었다. 매장 뒤쪽 체육관으로 연결되는 통로 옆에 삐쭉 나와 있는 작은 사무실에서 직원들이 카드를 쓰고 있었다.

"오래전부터 해 왔던 서비스인데도 요즘 사람들도 정말 좋아해요. 그래서 일하면서도 보람을 느껴요."

카드 작성팀에서 일하는 고명조 씨가 말했다. 손에 박힌 굳은살 만큼 많은 사연을 만났다며 손을 내밀어 보였다. 카드를 작성하다가 특별한 사연을 발견하면 이것을 배달 팀에 알려 주는 것도 중요한 업무 중 하나였다. 그러면 배달 팀에서는 그 내용에 맞는 의상을 입거나, 이벤트를 준비했다.

"언제부터 캐릭터 의상을 입고 배달했어요? 벽에 붙은 회사 초창기 때 사진을 보면 그때는 직원들이 회사 유니폼을 입고 배달한 것 같은데요?"

고명조 씨는 안경을 올려 쓰며 적고 있던 카드를 들었다.

"내가 처음 왔을 때는 이렇게 카드만 작성했어요. 저기 저 사진 속 배달 팀장님이 오시기 전까지 말이죠."

'엇, 저 아저씨는 어제 우리를 인솔해 주신 분이잖아?'

넷은 혹시라도 어제 복도에서 퍼부었던 뒷말을 배달 팀장이 들었을까 봐 내심 불안해졌다.

고명조 씨는 안경을 벗고는 사연을 풀어 놓았다.

"어느 청년이 대학을 갓 졸업하고 취직을 하려고 서울로 올라왔어요. 이 년 넘게 회사란 회사에는 모두 지원서를 냈지만 면접은커녕 서류 심사조차 통과하지 못했대요. 너무 낙심해서 그 후 일 년 넘게 하숙방에만 처박혀 있었대요. 거의 폐인이 된 거지요. 지방에 사는 그 청년의 어머니는 너무 안타까워 이런저런 방법으로 아들을 도왔지만 소용이 없었어요. 그러다가 어머니가 우리 회사에 케이크를 주문해서 아들에게 보내기 시작했어요. 매주 다른 종류의 작은 케이크를 한 개씩 아들 하숙집으로 배달시킨 거예요. 짧은 메시지가 적힌 카드를 함께 넣어서요."

아들아, 세상에는 이렇게 케이크처럼 맛있고 달콤한 일도 많이 있단다. 지금은 비록 어렵지만, 할 수 있는 일을 찾아 다시 한번 도전해 보렴. 힘내, 우리 아들.

내용은 조금씩 달랐지만 항상 용기를 내라는 말이었다. 매주 케이크와 어머니의 마음이 담긴 카드를 받으면서 아들은 마음을 열고 방문을 열고 세상을 향해 다시 나올 수 있었다. 그런 일을 겪은 뒤 지원한 회사가 바로 케이크 하우스였다. 청년은 케이크와 카드 덕분에 다시 살 수 있는 용기를 얻었다는 사연을 지원서에 쓰면서, 자기처럼 기운을 잃은 사람들에게 힘과 용기를 주는 그런 케이크 배달 일을 하고 싶다는 말도 함께 적었다. 그 바람대로 청년은 케이크 배달 팀에서 일을 할 수 있게 되었다.

"바로 그 사람이 배방문 팀장님이에요."

넷은 모두 낮은 탄성을 터뜨렸다. 어제 비 오듯 땀을 흘리면서도 행복하다고 말했던 배달 팀장의 얼굴이 떠올랐다.

"그럼 지금처럼 캐릭터 코스튬을 입은 건 언제부터였나요?"

수지의 질문에 고명조 씨는 커피로 목을 축인 뒤 계속 이야기를 이어 갔다.

"사 년 전부터였을 거예요. 배달 팀장님이 소아 암 병원에 케이크를 배달하러 갔다가 그곳에 입원한 어린 환자들을 보면서 생각했대요. 케이크에 촛불을 켤 때마다 아픔과 치료에 지친 아이들의 표정이 그렇게 밝아질 수 없더래요. 촛불과 함께 환하게 살아나는 아이들을 보며 좀 더 힘이 되어 주고 싶어 했어요. 약품 냄새가 코를 찌르고 하얀 가운만 보이는 병원에서 귀여운 캐릭터 의상을 입고 신 나는 이벤트를 한다면 아이들이 무척 기뻐할 거라고 생각한 거죠. 그래서 기획안을 작성해 사장실로 쳐들어갔대요. 배달복을 맞추어 달라고 떼를 쓰려고요. 그것도 한 벌이 아니라 스무 벌씩이나."

아이들의 '우아' 하는 감탄을 듣고 고명조 씨도 빙긋 웃으며 말을 이었다.

"배 팀장님이 병원에서 한 이벤트가 어떤 아이에게는 이 땅에서의 마지막 파티가 되었고, 어떤 아이에게는 힘을 내어 치료를 받는 계기가 되었어요. 그때부터 맞추기 시작한 의상이 시간이 갈수록 점점 많아져서 이제는 아예 의상실을 따로 마련할 정도가 됐어요."

설명이 끝났지만, 넷은 모두 한동안 아무 말도 하지 못했다. 어제 일이 너무 부끄러웠기 때문이었다. 배 팀장이 그렇게 땀 흘리며 고생하면서도 행복하다고 말하던 모습이 자꾸 눈앞에 어른거렸다.

'세상에나⋯⋯.'

자책하는 분위기 속에서도 무형이는 노트를 꺼내 이렇게 적었다.

상품과 직업은 누군가에게는 돈이 아니라 '희망'이 될 수도 있다.

그때 주문이 들어왔다. 대형 케이크를 극장으로 보내 달라는 주문이었다. 주문자의 사연은 이랬다. 올해 74세인 주문자의 어머니는 평생 글을 읽지 못하다가 지난해부터 한글 학교를 다니면서 글을 배웠다. 이번 주에 어머니가 한글 학교를 졸업하는데 같이 공부한 사람들과 평생 처음으로 자막이 깔리는 외국 영화를 보러 가신다고 하며 그런 엄마에게 축하의 마음을 전하고 싶다는 것이었다. 카드 팀은 이 사연을 읽고 손글씨로 카드를 쓰자고 했다.

사랑하는 엄마.
졸업을 축하해요.

평생 글을 읽지 못해 많이 답답했을 텐데
자식에게 편지 한 장 받지 못해 쓸쓸했을 텐데
이제는 엄마에게 사랑한다는 글도 쓸 수 있고
같이 외국 영화도 볼 수 있게 되어 정말 좋아요.
엄마, 나도 열심히 살게요.
엄마처럼 포기하지 않고 끝까지 노력하며 살게요.
그동안 공부하느라 고생 많았어요, 엄마.
사랑해요, 엄마.

카드의 빈 공간마다 '사랑해요'라는 말을 꼭 써 넣어 달라는 부탁도 있었다. 그동안 사랑한다는 글을 한 번도 읽지 못한 엄마니까, 가능한 한 많이 적어 달라는 부탁이었다.

글씨를 예쁘게 쓰는 수지가 이 일을 맡았다. 수지는 손가락을 주물러 가며 카드 구석구석 깨알같이 사랑한다는 말을 촘촘히 적는 정성을 쏟았다.

"카드여서 다행이야. 편지였으면 손가락이 부러졌을 거야. 휴우!"

수지는 다 쓰고 나자, 꼭 쥔 볼펜 때문에 옴폭 파인 손가락을 호호 불더니 모두에게 자기 손을 보여 주었다.

"그냥 배달하지 말고 멋진 이벤트를 해 드리면 어떨까?"

혼자 골똘히 생각에 잠겨 있던 무형이가 종이를 한 장 펼치더니 이벤트 아이디어를 적으며 한참을 설명했다. 설명이 끝나자 더큐가 무형이의 아이디어를 요약해 설명해 주었다.

"그러니까 영화가 끝나고 마지막에 자막이 올라갈 때, 우리가 카드를 읽으면서 케이크에 촛불을 붙여 앞으로 나가자는 거지. 그치?"

"응, 맞아. 그러면 관객들도 다 같이 축하해 줄 수 있잖아. 또 누군가에겐 큰 감흥 없는 영화일지라도 다른 누군가에게는 소중한 의미가 있는 영화라는 것도 보여 줄 수 있을 테고."

어느새 아이들 곁에 조용히 와 있던 배달 팀장도 무형이의 말에 매우 좋아했다. 그리고 즉시 사장에게 전화를 걸었다.

넷이 이벤트를 준비하는 동안 배달 팀장은 사장에게서 온 전화를 받았다. 극장에서 영화가 끝나면 스크린에 카드 메시지를 띄워 주기로 했다는 소식이었다. 넷은 환호성을 질렀다. 배달 팀장 역시 누구보다 행복한 표정을 지었다.

배달 팀장은 사람들의 행복을 위해서라면 무슨 일이든 하려고 했다. 사장은 그의 그런 부탁을 다 들어주었다. 넷은 케이크 하우스가 참 멋지고 대단한 사람들이 모인 회사라는 생각이 들었다. 딱딱하게 굴던 홍보 팀장과 매장 매니저를 빼고는……

넷은 예쁜 천사복으로, 배방문 팀장은 캐릭터 의상으로 갈아입었다. 모두 더워서 땀을 흘리면서도 극장을 향해 달리는 차 안에서 함께 행복한 수다를 떨었다. 그렇게 넷은 마지막 임무를 향해 가고 있었다.

이틀 동안의 모든 일정이 끝났다. 넷은 아쉬운 표정을 지으며 2층 회의실에 모였다. 모두 이곳에서 하루만 더 일하면 좋겠다는 말을 했다.

힘들고 피곤하지만, 직장에서 일하는 것이 행복할 수 있다는 사실을 깨달았다. 이 회사를 잊을 수 없을 것 같다는 무형이의 말에 누가 먼저랄 것도 없이 "나도, 나도." 하며 아쉬워했다.

이윽고 홍보 팀장이 회의실로 들어왔다. 그런데 그동안과는 달리 밝은 표정으로 고개를 숙여 인사를 했다.

"여러분에게 사과할 일이 있어요. 그동안 여러분을 쌀쌀맞게 대하고, 딱딱하게 행동했어요. 무엇보다 여러분의 일거수일투족을 감시 카메라로 관찰하기도 했고요. 이 모든 것은 제 본의가 아니었어요. 꼭 그렇게 해 달라고 학교에서 부탁을 해 왔거든요. 여러분이 삭막한 세상을 제대로 경험하게 해 달라면서요."

홍보 팀장은 USB와 관찰 기록지를 들어 보였다.

"제가 이틀 동안 여러분을 관찰한 영상 자료와 관찰 기록지는 결과 점수와 함께 모두 여러분 학교에 전달될 겁니다. 결과는 다음 주에 올 다른 팀의 결과와 함께 개봉될 거고요. 높은 점수를 얻은 팀이 학교 대표가 되어 전국 대회에 나간다고 들었습니다. 그동안 불친절했던 점 용서하시고, 이해해 주시기 바랍니다."

홍보 팀장은 나란히 앉은 네 사람 앞으로 나오더니 90도로 고개를 숙여 사과의 절을 했다. 그리고 한 명 한 명과 악수를 하기 시작했다.

"으악! 그럼 우리가 욕했던 것도 보셨나요?"

악수를 하던 부선이가 화들짝 놀라며 어쩔 줄 몰라 했다. 홍보 팀장은 그렇다며 고개를 끄덕였다. 넷은 술렁거리며 몸 둘 바를 몰라 했다.

"아니에요. 훔쳐본 제 잘못이죠."

홍보 팀장은 그런 일은 어디에서나 있을 수 있고, 점수에 반영하지 않았으니 걱정하지 말라며 웃었다.

넷은 "휴우" 하며 안도의 한숨을 내쉬었다.

"이제 마지막 순서만 남았네요. 지금부터 삼십 분 동안 지난번에 내드린 과제의 답을 정리해 주세요. 이틀 동안 수고 많았습니다. 저희에게도 많은 도움이 되는 시간이었어요. 여러분들에게도 저희 회사에서 마련한 시간이 도움이 되었기를 바랍니다."

홍보 팀장은 다시 꾸벅 인사를 하고는 회의실을 나갔다.

넷은 걱정스런 표정으로 머리를 맞대었다.

"뭐라고 쓰지?"

"그러게, 떨린다. 어떻게 해?"

서로 부산을 떨며 답을 찾느라 분주했다. 그동안의 경험을 모아 한참을 이야기한 다음 부선이가 정리해 답을 적었다. 모두 깊은 숨을 내쉬었다.

"정말 다 마쳤구나."

모두들 아쉬워했다.

'좀 더 많이 준비하고, 좀 더 잘해 볼 걸.'

이런 마음이 들었지만 이제 이곳에서의 인턴 활동은 끝났다.

매장과 사무실, 공장 건물을 돌며 직원들에게 일일이 인사를 한 뒤, 아쉬움을 품고 넷은 퇴근했다.

케이크 하우스 인턴 과제

이름: 맹무형, 오덕규, 함수지, 공부선

1 이곳에서는 무엇을 팔고 있다고 생각하나요?

행복

2 이곳에서 일할 때 가장 강조하는 것 두 가지를 쓰세요.

품질과 감동

3 직업을 선택하고 그 일을 할 때에 필요한 것은 무엇이라고 생각하나요?
(200자 내외)

많은 경험을 하고 그것을 기록하는 일이 필요하다. 내가 무엇을 하고 싶은지 알기 위해서는 여러 경험이 필요하다. 시작한 일에 몰입해 고통이 따르더라도 의미나 보람을 얻는다면 버텨야겠지만, 고통만 계속된다면 그 일을 그만두고 다른 일을 찾아야 한다. 그것은 포기가 아니다. 새로운 도전이다. 많은 도전과 경험을 통해 몰입할 만한 일을 찾는 것이 중요하다. 또한 경험을 통해 알게 된 것은 모두 기록해야 한다. 그 기록이 쌓이면 내가 일을 잘 할 수 있도록 도와주는, 나에게 꼭 필요한 지식이 된다. 경험을 통해 일을 찾고 경험에서 얻은 것을 기록하여 일을 성공적으로 수행할 수 있게 된다면, 나는 적합한 일을 찾았을 뿐 아니라 그 일에 적합한 사람이 된다.

"알립니다. 진로 탐색 대회 참가 학생들은 점심 식사 후 교장실로 모이기 바랍니다. 그리고 각 학급의 반장들은 모두 교무실로 모이기 바랍니다. 다시 한번 알립니다……."

'드디어 올 것이 오고 말았구나.'

케이크 하우스 인턴 활동을 다녀온 지 열흘이 지났을 때였다. 하지만 아이들에게는 몇 년 전 일처럼 느껴졌다. 인턴 활동이 끝난 후 하루하루가 바늘방석에 앉은 것처럼 초조했기 때문이다. 무형이는 필기시험 점수 때문에 전전긍긍했고, 부선이는 흠집 난 케이크를 숨기려 했던 일 때문에 안절부절못했다. 모이라는 방송을 들은 뒤, 넷은 4교시까지 시간이 어떻게 지나갔는지 몰랐다. 무형이는 필기시험 보는 내내 절망했던 기억만 자꾸 머릿속에 떠올랐다.

'푸우.'

무형이는 고개를 책상에 떨군 채 오전 내내 한숨만 쉬었다. 어떻게 밥을 먹고 어떻게 교장실에 갔는지도 몰랐다. 두 팀 모두 긴장한 표정으로 교장실 소파에 앉았다. 낄낄거리며 처음 모였을 때와는 분위기가 사뭇 달랐다. 한참 지나자 교장실 문이 열렸다. 교장 샘과 교감 샘, 진선구 샘, 그리고 케이크 하우스 홍보 팀장, 공장장, 사장까지 함께 교장실로 들어왔다. 홍보 팀장과 공장장의 손에는 케이크 상자가, 진선구 샘 손에는 작은 상자들이 담긴 종이 가방이 들려 있었다.

"두 팀 모두 인턴 활동을 하느라 수고 많으셨습니다."

케이크 하우스 여사장이 말문을 열었다.

"열심히 일하며 배우는 여러분의 모습에 감동을 받았습니다. 그 시간들이 여러분 삶에 귀중한 경험이 되었기를 바랍니다. 처음 케이크 하우스를 시작했을 때는 저도 공장장님과 함께 케이크 포장을 했지요. 그때는 서툴러서 하루에 한두 개는 꼭 흠집을 내곤 했어요."

사장은 추억에 젖는 듯 공장장을 돌아보며 함께 웃었다.

"여러분에게도 그때 제가 했던 일을 시켜 본 거예요. 그랬더니 여러분도 흠집을 내더군요."

그러자 부선이는 고개를 푹 숙이고 어쩔 줄 몰라 했다. 동시에 경쟁 팀 아이들도 모두 고개를 떨궜다.

"저도 고민했어요. 흠집 난 케이크를 그냥 팔 것인가? 아니면 할인해서 팔 것인가? 아예 팔지 않을 것인가?"

사장은 사람들의 반응을 확인한 뒤 말을 이었다.

"저는 팔지 않기로 결정했어요. 사실 공장장님 덕분이었지요. 흠집 난 케이크를 팔면 공장장님이 그만두겠다고 했거든요."

어른들 사이에 잠깐 웃음이 감돌았다. 하지만 고개를 숙인 경쟁 팀 아이들 중 둘이 얼굴을 감싸고 흐느끼기 시작했다. 사장은 울고 있는 둘에게 다가가 어깨를 다독이며 말했다.

"그때의 그 결정이 오늘의 케이크 하우스를 만들었다는 생각을 종종 해요. 저도 많이 고민했기 때문에 여러분의 행동을 충분히 이해할 수 있어요. 이번 경험이 여러분에게 큰 교훈이 되었기를 바라요."

공장장이 분위기를 바꾸려는 듯 명랑한 목소리로 나섰다.

"우리가 생각조차 못한 일도 있었어요. 고생해서 받은 일당으로 경쟁사의 케이크까지 구입해서 비교표를 만든 일 말이죠. 참 놀라웠어요. 그 덕분에 경쟁사에 비해 뒤처져 있던 부분을 향상시킬 수 있었죠. 그 보답으로 사장님이 각 학급마다 여러분이 그때 구입한 케이크와 같은 케이크를 네 개씩 선물하기로 했어요."

그때 갑자기 교실에서 함성 소리가 크게 들려왔다. 교장실의 어른들도 박수를 치며 반가워했다.

"하하, 지금 케이크가 각 학급으로 전달되고 있는 모양이네요."

교장 선생님이 만면에 미소를 머금고 시상식을 하려고 일어섰다. 곧이어 진 샘이 들고 있던 상자에서 메달을 꺼내더니 무형이와 세 명의 아이들 목에 걸어 주었다. 경쟁 팀 아이들도 일어나 눈물을 닦은 손으로 함께 박수를 보내 주었다. 목에 묵직한 메달이 걸리는 순간, 무형이는 그동안 무겁게 자신을 짓눌렀던 두려움과 막막함이 환한 메달 빛에 모두 날아가 버리는 것 같았다.

인턴 활동 심사 보고서

1. 필기시험 결과 (30%) – 평가자: 진선구

소속팀	이인자 외 3인	맹무형 외 3인
총점	120점/120점	100점/120점
환산 점수	30점/30점	25점/30점

2. 인턴 활동 평가 결과 (70%) – 평가자: 케이크 하우스

	이인자 외 3인	맹무형 외 3인	평가 이유
평가 운항	40/40	40/40	-
신뢰도	60/80	80/80	케이크를 포장하는 도중 발생한 문제를 해결하는 방식이 서로 달랐음.
장점 활용도	60/80	60/80	이인자 팀은 배달 시 인내심을 발휘하였고, 맹무형 팀은 극장 이벤트를 창의적으로 수행하였음.
적극성	60/80	80/80	맹무형 팀에서 작성한 경쟁사 케이크와 자사 케이크를 비교 분석한 표는 본사의 서비스 향상에 크게 기여하였음.
총점	220점/280점	260점/280점	
환산 점수	55점/70점	65점/70점	

3. 환산 점수 합계

소속팀	이인자 외 3인	맹무형 외 3인
필기시험	30/30	25/30
인턴십	55/70	65/70
총 평점	85점/100점	90점/100점

위 점수에 따라 맹무형 외 3인이 교내 진로 탐색 대회에서 우승하였음을 확인합니다.

교장 감시만

3장

나에게서
희망을 찾다

나에게 맞는 일이 있다

학교 정문 앞 게시판에 포스터가 붙었다.

"드디어 대회구나."

무형이는 후우 심호흡을 한 뒤 게시판 가까이로 다가갔다. 진짜 얼마 안 남았다는 걱정에 한숨이 절로 나왔다.

'온통 모르는 것뿐인데 전국 대회라니.'

스스로도 믿기지 않았다. 포스터에 적힌 '전국 중·고교 진로 탐색 대회'라는 제목이 아침 햇살에 반사되어 금빛으로 밝게 빛났다.

'어찌 되었든 학교 대표로 전국 대회에 나가게 됐구나. 이게 꿈이냐 생시냐, 맹무형?'

무형이는 대회를 걱정하는 자신을 돌아보고는 웃음이 났다.

'그래도 많이 컸네, 맹무형.'

"뭔 제목이 저렇게 크냐?"

아침부터 산속 무덤에 다녀왔는지 바지에 잔뜩 묻은 흙을 털며 더큐가 다가왔다. 더큐는 사실 시상 내역에 관심이 더 많았다.

"전국 대회라면서 고작 장학금이 뭐냐? 최소한 해외 연수나 세계 여행 정도는 걸어야지. 아니면 대학 입학 특전을 주거나, 치잇."

무형이는 대회에 참가했다가 자신의 무식함이 들통 날까 봐 걱정하는데 더큐는 딴 세상 사람처럼 상금 타령을 하고 있었다.

"입상은 바라지도 않아. 꼴찌만 면하면 좋겠어."

무형이는 입맛을 다셨다. 더큐가 무형이를 보며 씽긋 웃었다.

"그러게 말이다. 사실은 나도 걱정이야. 잘되어야 할 텐데."

이때 진 샘이 교문에 들어섰다.

"학교 대표 무형 님, 덕큐 님. 포스터 보고 계셨네. 그래, 어때요? 학교 대표가 되니 걱정도 되나 보네. 멀리서 봐도 표정이 어둡던데. 하하."

"민망해 죽겠어요, 샘. 애들은 나를 위아래로 훑어요. 꼴찌가 대표로 나간다고 그러나 봐요. 전국 대회 나가서 저 때문에 꼴찌하면 어쩌죠?"

무형이는 심각해서 하는 말인데, 진 샘은 깔깔대고 웃기만 했다.

"야, 맹무형! 내가 너를 그냥 막 뽑았다고 생각하니? 아냐. 넌 뽑힐 만한 녀석이었어. 그래서 내가 너를 스카우트한 거야."

무형이는 놀리지 말라며 진 샘의 말을 막으려 해도 소용이 없었다. 등교하던 학생들도 옆에서 진 샘의 스카우트란 말을 듣고 피식거리며 지나갔다.

"너는 우리 학교 기대주야. 네가 없으면 우리는 우승 못해. 그래서 너를 뽑은 거야. 지금처럼만 해 주세요, 대표님. 그러면 우리는 충분히 우승할 수 있어요. 힘을 내세요, 대표님들."

더큐도 입을 막고 웃고 난리다. 무형이는 애꿎은 더큐의 등짝만 한 대 갈겼다.

"아쿠쿠, 으윽."

더큐는 일부러 크게 신음 소리를 냈다. 그러자 진 샘이 눈을 찡그렸다.

"너 또 시비 붙으면 우리 망해. 절대 안 돼."

무형이는 고개를 흔들었다. 그러고는 교무실로 향하는 진 샘 옆에 붙어서 걸으며 하소연을 했다.

"저 정말 심각해요. 지금 샘한테 배우는 내용 대부분이 이해가 안 가요. 모르겠어요. 그런데 어떻게 해요?"

무형이가 이리도 걱정을 하는데, 진 샘의 표정에는 아무 걱정도 없다. 아니 해맑다.

"당연하지, 넌 아직 시작하는 단계에 있잖아. 하지만 그것도 잠깐이야. 이번 주까지 열심히 해 봐. 아참! 나 늦었다. 미안. 토요일에 보자."

허겁지겁 교무실로 들어가는 진 샘을 향해 무형이는 퉁명스럽게 외쳤다.

"쌤, 기대는 하지 마세요! 하는 데까지는 해 보겠지만 진짜 기대하면 안 돼요!"

진 샘은 교무실 입구에서 주먹을 불끈 쥐어 보이며 무형이와 덕큐를 향해 소리 없이 파이팅을 외치고는 교무실 안으로 들어갔다.

토요일에도 넷은 전국 대회를 준비하느라 열심히 검색 훈련을 받고 있었다.

"얘들아, 오늘 점심 때 정말 맛있는 음식점에 데려갈 생각인데, 어때?"

진 샘이 점심을 사 주신다는 말에 넷은 환호했다.

"우아!"

모두 눈을 동그랗게 뜨고는 신이 나서 진 샘 주위로 몰려들었다.

"어디로 가요? 어딘데요? 메뉴가 뭐예요?"

"시내에 아주 맛있는 우동 가게가 있는데, 거기서 최고급 우동과 고로케를 먹을까 해."

아이들은 좋다고 소리쳤다.

"어서 가요, 샘."

"쌤, 고로케가 아니라 크로켓이거든요?"

역시 부선이다. 진 샘이 그런 부선이를 보며,

"그럼 너는 빠져."

하고 말하자 부선이는 화들짝 놀랐다.

"안 돼요. 그런 곳에서 파는 고로케는 한 번도 못 먹어 봤단 말예요."

아이들은 아우성이었다.

"교장 선생님이 특별히 오늘 점심값을 주셨어. 너희들이 지난번 케이크 하우스에서 정말 잘했다며 한턱 내겠다고 하셨거든."

진 샘은 교장 선생님에게 받은 카드를 신 나게 흔들어 보였다. 아이들은 벌써 배 속이 난리가 났다며 빨리 가자고 재촉했다.

시내로 가는 버스에 올라타 창밖 풍경을 보니 무형이는 오늘따라 모든 게 새롭게 보였다. 평소에는 무심코 지나치는 사람들이었지만, 오늘은 그들의 직업이 궁금했다. 진로 공부를 하다 보니 별것이 다 궁금해진다는 생각에 무형이는 멋쩍게 웃었다.

우동 가게는 생각보다 넓었다. 그렇지만 사람들로 가득 차서 줄을 서서 기다려야 했다.

"아, 배고픈데 지금 못 먹는 거야?"

"아니 우동을 줄을 서서 먹나요?"

배고파 죽겠다며 수지와 더큐가 재촉했다. 그러면서도 처음 온 음식점이라 신기한 듯, 여기저기를 기웃거렸다.

"여기 사장님은 정말 좋겠어요, 샘. 돈 많이 벌잖아요."

부선이는 진심으로 부러워했다. 테이블이 몇 개나 되는지 세더니 뭔가 계산해 본 후 부선이는 입을 다물지 못했다. 수지는 음식점 구석구석을 다니며 인테리어와 소품을 유심히 살폈다.

"얘들아, 정말 멋지지 않니. 이것들 좀 봐. 응?"

수지는 더큐와 무형이에게도 감탄사를 기대했지만, 둘은 배고프다는 말만 염불 외듯 하며 따라다녔다.

"여기 사장님은 이 년 전까지 일본 영사로 일하셨대. 그 일을 그만두고 이 가게를 차린 거야."

진 샘의 말에 부선이가 눈을 동그랗게 뜨고 물었다.

"아니 왜요? 영사 그거 되게 높은 거 아니에요? 왜 그런 자리를 그만 두고 우동을 팔아요?"

부선이는 이해가 안 된다며 자기 같으면 절대로 그렇게 안 할 거라고 했다. 다른 애들도 마찬가지였다.

"잘린 거 아닌가요?"

"나쁜 짓 하다가 걸려서 나온 거 아니에요?"

넷은 온갖 억측을 내놓기 시작했다.

"너희들이 궁금해할 것 같아서 사장님께 미리 시간 내 달라고 전화 드렸어, 이따 오시면 직접 여쭤 보렴."

"낚였네, 낚였어. 그럼 그렇지, 아무 이유 없이 밥 먹으러 왔겠어? 공부하러 온 거지. 그럼 그렇지."

진 샘의 말이 끝나자 아이들은 일제히 이렇게 종알대면서도 진 샘에게 낚인 것을 즐거워했다.

우동과 크로켓을 먹고 나자, 머리가 희끗한 아저씨 한 분이 특별 서비스라며 일본식 튀김을 직접 쟁반에 담아 가져왔다. 튀김이 하나씩 정갈하게 담긴 접시를 각자 받았다. 무형이가 젓가락으로 튀김을 집어 베어 물자, 튀김 속에서 바나나가 나왔다. 더큐가 받은 튀김은 사과였다. 모두 다른 튀김을 받았다는 것을 알고 넷은 난리가 났다.

"이거 좀 먹어 봐."

"야아! 너무 많이 먹었잖아."

서로 자기 튀김을 나눠 주었다. 튀김을 찍어 먹는 소스도 평범한 간장 맛이 아니었다.

"이건 뭐예요?"

"간장 아냐?"

"진짜 맛있다."

아이들은 튀김에 정신을 빼앗겨 누가 자기들을 지켜보는지는 안중에도 없었다.

"맛있게 드셨나요?"

아이들은 튀김을 다 먹고 나서야 튀김을 주셨던 안경을 쓴 마른 체형의 아저씨가 아까부터 자기들 앞에 서 있었다는 사실을 깨달았다.

"안녕하세요? 제가 여기 사장이에요. 와 줘서 고마워요."

사장의 조용조용한 말투에서 신뢰감과 호감이 느껴졌다.

"근데 사장님은 왜 좋은 직업을 때려치웠어요?"

부선이는 기다렸다는 듯이 질문했다. 그러자 사장은 우동 가게를 차린 뒤 날마다 듣는 질문이라며 웃었다.

"때려치운 게 아니라 직업을 바꾼 거예요. 자기가 좋아하는 일을 하고, 평생 잘할 수 있는 일을 하는 게 누구에게나 중요하잖아요. 나는 그 일을 마흔이 넘어서 찾았을 뿐이에요."

넷은 의아해졌다. 외국에서 일하는 영사가 우동 가게 사장보다 훨씬 멋진 일일 텐데 어째서 우동 가게 사장이 더 좋다는 건지 도무지 이해할 수가 없었다.

"돈 때문인가요? 돈을 더 많이 벌고 싶어서?"

부선이는 아까 가게의 테이블 수와 우동값을 곱해서 하루 매상을 대략 계산해 본 터였다.

"솔직히 잘릴까 봐 미리 그만둔 거 아닌가요?"

더큐의 질문에 모두 깔깔대고 웃었다. 사장도 목젖이 보이게 웃었다.

"아니에요. 저는 성공한 편이었어요. 열심히 일해 남보다 승진도 빨랐지요. 그런데 몇 년 전 일본에서 유명한 우동 가게를 들르게 되었죠. 정말 맛있는 거예요. 그 뒤로 그 집에 자주 가게 되었어요. 그러면서 이렇게 맛있는 우동을 파는 일을 나도 하고 싶다는 생각을 했어요. 그래서 그 가게 주인을 설득해 그분 아드님을 이곳으로 초빙했어요. 그렇게 우동 가게를 시작하게 된 거예요."

"이 가게가 망하면 어쩌려고요? 그럼 다 잃는 거잖아요."

부선이가 사장님의 말이 끝나기가 무섭게 또 질문했다.

"그렇죠. 그래서 망하지 않으려고 오랫동안 많은 준비를 했어요. 일본에서 일하면서 쉬는 날마다 무엇이 필요한지 알아보고 준비했어요. 준비 기간만 2년이 넘어요. 그렇게 준비해서 시작한 거예요."

사장의 설명에 부선이는 아주 흡족해했다.

"사장님, 여기 있는 예쁜 장식이랑 소품은 사장님이 직접 고르신 거예요? 정말 예쁘고 잘 어울려요. 이런 건 어떻게 사셨어요?"

흥미 없어 하는 무형이와 더큐를 강아지 다루듯 끌고 다니며 가게 구석구석을 살폈던 수지가 질문했다. 사장은 수지의 질문에 몹시 기뻐했다. 학생 손님이 이런 질문을 한 것은 처음이라며 대단한 눈썰미를 가졌다고 수지를 칭찬했다.

"사장님, 저는 좋아하는 것은 많은데 아직 특별히 좋거나 관심이 가는 건 딱히 없어요. 어떻게 하면 그런 것을 찾을 수 있을까요?"

"친구 이름이? 아, 수지 양인가요? 예. 수지 양은 저희 가게 소품에 관심을 보였잖아요. 저희 가게에 와서 인테리어와 소품에 대해 관심을 보인 학생은 수지 양이 처음이에요. 특별한 눈썰미지요. 아직 관심을 가질 분야를 못 찾은 것도 어찌 보면 당연해요. 저도 마흔이 넘어서야 나에게 맞는 일을 찾았잖아요. 하지만 수지 양처럼 계속 자기 자신에게 물어보면서 관심 분야를 찾아 다닌다면 분명히 늦지 않게 답을 찾을 수 있을 거예요. 자기 분야를 못 찾는 이유는 자신에게 계속 물어보지 않기 때문이죠. 저도 그랬던 것 같아요. 그냥 공부만 했지, 묻지는 않았어요."

그 말을 들으며 무형이는 오 분 글쓰기를 생각했다. 손으로 오글거림을 표시하자 더큐도 끄덕이며 웃었다.

'그래, 그런 거구나. 나의 진로는 내가 계속 생각하고, 계속 나에게 물어봐야 알 수 있는 거구나.'

무형이는 진 샘이 오 분 글쓰기를 시키는 이유를 비로소 이해했다.

'그래, 날마다 써 보자.'

우동 가게 사장은 학교 다닐 때 공부를 잘했고, 젊은 나이에 좋은 직장에 들어가 주변에서 성공했다는 말을 많이 들었다고 했다. 그래서 자신도 그걸 성공이라고 믿었다는 것이다. 그런데 나이가 들면서 다른 사람들의 인정보다 '나 자신이 만족하는지'가 더 중요하다는 사실을 깨달았다고 했다.

"너무 부끄러웠죠. 늦은 나이에 깨달았잖아요. 나이가 들었지만 이제라도 내가 행복한 일을 하는 게 좋겠다고 생각했어요. 그래서 이렇게 시작한 거예요."

외교관보다는 우동 가게 사장이 자신에게 더 어울리는 일이었다는 사장의 말을 들으며 무형이는 노트 없이 나온 바람에 손바닥에 사장의 말을 메모했다.

성적보다 중요한 건 내가 하고 싶은 일을 찾는 것이다.

나를 재미있게 하는 책을 찾다

토요일 오전, 무형이는 진 샘과 함께 집 근처 도서관을 찾았다. 진 샘이 찾아볼 자료가 있어서 도서관에 가려는데 함께 가면 좋겠다며 무형이를 불렀기 때문이다.

"무형아, 오늘 여기서 책 두 권만 읽고 가자. 논문 준비하는 데 필요한 자료 찾고 있을 테니 그동안 무슨 책이든 좋으니까 두 권만 읽자. 그럼 맛있는 점심을 사 줄게."

그러면서 진 샘은 활동지 한 장을 무형이에게 내밀었다. 거기에는 질문 세 개가 있었는데 이미 이름 칸에 무형이의 이름이 적혀 있었다. 무형이는 졸지에 개인 보충 수업을 하게 된 셈이다.

"샘. 제가 초딩도 아니고, 왜 이런……."

무형이가 투덜대건 말건 진 샘은 무형이를 열람실에 억지로 집어넣었다. 무형이는 할 수 없이 열람실 책상에 가방과 활동지를 내려놓고 투덜거리며 서가로 갔다. 도서관에 와 본 적은 있지만 스스로 책을 고르기는 처음이었다. 칸칸마다 빼곡히 꽂힌 책을 보니 마음이 답답해졌다. 두리

번거리기도 하고 기웃거려도 봤지만 무형이는 어떻게 해야 할지 막막했다.

'도대체 무슨 책을 어떻게 고르라는 거야?'

은근히 화가 치밀어 올랐다. 하지만 어쩌랴. 무식한 자기 자신을 탓할 수밖에.

한숨을 푹푹 쉬며 무형이는 서가 여기저기를 돌아다니기 시작했다. 꽂힌 책들의 제목만 봐도 눈이 아팠다. 쉬운 책, 만만한 책을 찾으려고 기웃거렸지만 좀처럼 고를 수 없었다. 청소년 서가에 있는 책들도 만만치 않았다. 무형이에게는 모두 어려운 말로 가득 찬 책뿐이었다.

'없다, 없어. 이 많은 책 중에서 내가 읽을 만한 책이 한 권도 없어.'

무형이는 스멀스멀 기분이 나빠졌다. 다시 한 바퀴를 돌고 나니 자존심이 상했다. 답답한 마음이 들어 복도로 나오니 한숨이 절로 나왔다.

'나 같은 놈이 읽을 책은 만들지도 않는다는 거지? 그래, 난 책 읽을 능력도 없으니까…….'

무형이는 벽에 몸을 부딪치며 평소처럼 욱하는 성질을 부리고 있었다. 그때 벽에 붙은 화살표가 눈에 띄었다. 어린이 도서관 가는 길이란 안내 문구였다. 순간 재미난 생각이 들었다.

'그냥 가? 가서…….'

엉뚱한 데 화풀이할 방법이 떠오른 것이다.

"뭐, 어때? 그럼……."

'그래 이거야. 『라이트 형제』, 『TV를 발명한 소년』.'

'이거 괜찮네. 둘 다 서른 두 쪽이고.'

순간 진 샘의 황당해하는 표정이 떠올랐다. 청소년 도서는 어려워서 읽을 수 없었다. 그렇다고 두꺼운 어린이 책을 고르자니 자기 수준이 이 정도밖에 안된다고 인정하는 것 같아 싫었다. 차라리 장난치지 말라며 혼나는 것이 자존심이 덜 상할 것 같았다.

'뭐라고 할까? 쳇. 어쩌겠어. 아무 책이나 괜찮다고 했으니까.'

맹무형은 책 두 권을 왼팔 겨드랑이에 꾹 찔러 넣었다. 절로 기분이 좋아졌다. 열람실로 돌아와『라이트 형제』부터 읽기 시작했다. 장난삼아 읽기는 했지만 제법 재미있어서 한 번 더 읽었다.

"최선을 다해 고른 거 맞니?"

스카프로 머리를 질끈 묶은 채 자료실에서 열심히 컴퓨터 자판을 두드리던 진 샘은 무형이가 들고 있는 책을 보더니 낮은 소리로 말했다. 무형이는 짐짓 무슨 말인지 잘 모르겠다는 표정으로 작게 말했다.

"뭐가요? 무슨 책이든 된다고 하셨잖아요."

진 샘은 무형이의 의도를 알아챘다.

"우리 밖으로 나가자."

진 샘은 무형이를 데리고 도서관 휴게실로 갔다. 자판기에서 음료수를 하나씩 뽑아 들고 두 사람은 마주 앉았다.

"그래도 두 권 다 내용이 아주 좋은 책들인데. 잘 골랐어. 그래, 책은 이렇게 고르는 거야. 그런데 벌써 다 읽었으니 어쩌니, 점심때까지는 아직 한참 남았는데…….”

“괜찮아요. 점심은 다음에 사 주세요.”

무형이는 자리에서 일어나려고 했다. 무조건 도서관을 벗어나고 싶었다.

잠시 음료수를 마시느라 둘 사이에 침묵이 흘렀다.

“『라이트 형제』, 『TV를 발명한 소년』은 지난번 사진 고를 때 찾은 무형이의 코드와도 관련 있는 것 같은데? 만들기를 좋아한다고 쓴 내용도 그렇고.”

“어렸을 때부터 블록을 조립하거나 망가진 기계를 분해하면서 놀았거든요.”

진 샘은 고개를 끄덕이며 무형이의 말을 유심히 들었다.

“그럼 우리 발명에 관한 책이 있는 서가로 가 볼까?”

“발명요? 무슨 발명요? 아니에요.”

무형이는 이야기를 한 게 후회됐다. 선생님이 어려운 책을 안길 것 같은 불안감에 펄쩍 뛰었다. 하지만 이미 진 샘에게 끌려서 발명 서적이 있는 서가로 향하고 있었다.

“발명이 엄청나게 힘든 일은 아니야. 종이컵이나 빨대, 연필, 지우개부터 커피포트, 믹서, 볼펜까지 모든 게 다 발명이야. 텔레비전이나 스마트 폰 같은 수준의 발명은 오히려 아주 드문 경우지. 기존 물건에 좀 더 편리한 기능을 추가하는 형태의 발명이 훨씬 더 많아.”

무형이는 안심했다.

"그런 거라면 저도 할 수 있어요. 집에서도 엄마가 고장 낸 물건은 제가 뚝딱 만지면 금방 좋아져요."

"음, 그건 발명이 아니라 수리지."

무형이는 머리를 긁적였다.

"어떤 예를 들어 볼까? 그래, 무형아. 너 혹시 김장할 때 쓰는 채칼 본 적 있니?"

"예, 그럼요. 잘 알죠. 채칼로 무채 썰기가 김장 때 제 담당인데요."

"그래, 옛날에는 김칫소에 들어갈 무를 칼로 일일이 잘게 채썰었잖아. 그래서 김치를 버무리기도 전에 팔에 알이 뱄지. 근데 요즘은 다 채칼로 썰잖아. 얼마나 편하니? 이런 게 발명이지. 로켓이나 자동차 같은 거창한 발명은 사실 많지 않아."

발명은 에디슨 같은 위인들에게나 어울리는 말이라고 생각했는데 진 샘 이야기를 들으니 그렇게 어려운 건 아니란 생각이 들었다.

"아하, 여기다. 이쪽에 책이 있네. 무형아, 이리로 와 봐."

진 샘이 손짓을 했다. 진 샘이 안내한 서가에는 발명에 대한 만화책부터 두껍고 어려워 보이는 책들까지 가득 꽂혀 있었다. 무형이는 두려워졌다. 진 샘은 겁먹은 얼굴로 눈치를 보는 무형이에게 말했다.

"과학 기술에 관한 책이면 뭐든 좋아. 중학생은 중학생용 책만 보아야 하고, 고등학생은 고등학생용 책만 보아야 하는 것은 아니야. 어른들도 처음 영어를 배울 때는 아이들과 마찬가지로 알파벳부터 공부하잖아. 독서도 그래. 처음에는 아주 쉬운 책부터 시작하는 게 좋아. 쉬워 보이는 책, 재미있어 보이는 책부터 시작해 봐. 그게 가장 좋은 방법이라고 생각해."

'날 위로해 주시는 건가?'

무형이는 이런 의심이 문득 들었지만 가만히 생각해 보니 맞는 말 같았다.

"무형아. 사람들이 왜 해 보지도 않고 포기하는 줄 아니?"

"……."

"그건 너무 어렵게 시작하기 때문이야. 성공하는 방법은 의외로 간단하단다. 자기가 하기 쉬운 것, 재미있어 보이는 것부터 하는 거야."

진 샘은 무형이에게 책도 그렇게 고르라고 했다. 책을 읽는 데 실패하는 이유는 자신에게 문제가 있는 것이 아니라 재미없는 책을 고르기 때문이라고 말했다.

"너의 관심을 끄는 책을 찾아야 해. 쉬운 책부터 찾아보자."

무형이는 자기의 관심을 끄는 책을 찾아보기로 했다. 하지만 서가에 가득한 책 가운데 알맞은 책을 고르기란 쉽지 않았다. 그래서 일단 쉬운 책을 먼저 고르기로 했다.

"샘, 만화책도 괜찮아요?"

"당연하지. 그림책도 좋아."

진 샘이 마음대로 고르라고는 했지만 두 권 다 만화책을 고르자니 왠지 망설여졌다.

"괜찮아. 책장을 쉽게 넘길 수 있는 책부터 읽는 것이 좋다니까."

"그래요? 두 권 다 만화책으로 고를게요."

무형이는 재미있어 보이는 만화책 두 권을 빼어 들었다.

"만화책이 어때서? 만화만 보자는 게 아닌데."

"하지만 정말 만화책만 읽어도 돼요? 만화책을 읽는 건 진짜 공부라고 할 수 없잖아요?"

진 샘은 빙긋 웃었다.

"어른들은 만화책 읽을 때 무형이처럼 이렇게 고민하지 않는데."

"그건 취미잖아요."

"바로 그거야. 사람들 진짜 이상하지 않니? 만화책으로 공부하는 건 좋지 않다고 생각하면서, 취미로 만화책 읽는 건 괜찮다고 생각하잖니?"

무형이도 그렇다는 생각이 들었다.

갑자기 진 샘이 서가에서 책 한 권을 꺼내 들었다.

"근데 무형아, 너 수영할 줄 아니?"

진 샘은 『몸으로 기억하는 수영』이라는 책을 만지작거리고 있었다.

"그럼요. 잘하는 편이에요. 운동은 뭐든."

"그렇구나. 난 수영을 못해. 아니, 물이 무서워. 그래서 수영장에 한 번도 안 가 봤어."

진 샘은 『몸으로 기억하는 수영』을 뒤적거리며 말하다가 손사래를 쳤다. 갑자기 진 샘이 하릴없이 넘기던 책장에서 무형이가 손가락으로 한 부분을 가리켰다.

"하지만 선생님, 여기 보세요. '인간은 물에 몸이 뜨게 되어 있다'라고 적혀 있잖아요. 진짜로 떠요. 무서워할 필요가 없다고요. 그래서 수영 배울 때 맨 처음에 뭘 배우는지 아세요?"

진 샘은 모르겠다는 표정을 지어 보였다. 무형이는 고개를 숙여 두 손으로 자기 발목을 잡으며 말했다.

"이렇게 두 손으로 자기 발을 잡고 웅크리는 거예요."

진 샘은 몸서리를 쳤다.

"그건 진짜 무섭다야. 말만 들어도 몸이 뒤집히려고 그런다. 애."

진 샘은 몸을 부르르 떨었다. 그런 진 샘을 보며 무형이는 정말 별일 아니라며 더 열심히 설명하기 시작했다.

"아니에요. 쌤, 이렇게 발목을 잡아도 몸이 뒤로 뒤집히지는 않아요."

진 샘은 믿을 수 없다는 듯 손을 저으며 아닐 거라고 했다.

"그렇게 무서우시면 그냥 보조 판을 잡고 물에 뜨는 연습부터 해 보세요. 보조판을 잡고 한참 있으면 몸이 둥실 떠오르고요, 수영장 물이 출렁일 때마다 몸이 따라서 흔들리는 것을 느낄 수 있어요."

무형이는 책을 보조 판처럼 붙잡고 동작을 하나하나 흉내 내어 보여 주었다.

"그렇게 몸이 떴다고 생각될 때 보조 판 잡은 손을 놓으면 돼요."

무형이는 만화책을 잡고 있던 오른손을 놓았다. 그러자 진 샘은 고개를 흔들었다.

"그럼 물에 가라앉잖아. 물을 잔뜩 먹고……. 으, 싫어."

마치 물에 빠져서 허우적대는 것처럼 진 샘은 손을 흔들었다. 무형이는 조금 답답했다.

'무슨 선생님이 배우려고 하지도 않지? 해 보지도 않고 못한다고 저렇게 난리람?'

정말 이해가 안 됐다.

그때 진 샘이 무형이의 손을 잡았다.

"좋아. 그럼 내가 네 말을 믿어 볼게. 진짜 석 달만 참으면 수영을 배울 수 있니?"

진 샘의 질문에 무형이는 당연하다는 듯 대답했다.

"그럼요. 아마 제가 가르쳐 드려도 석 달이면 배우실 걸요? 샘은 잘할 수 있을 거예요. 정말이에요. 아주 쉬워요. 대신에 석 달 동안 꾸준히 해야 해요. 그래야 실력이 붙으니까요. 장담해요."

진 샘은 턱을 만지작거리며 고민하는 표정이었다.

"그러니까 석 달만 꾸준히 하면 나 같은 사람도 수영을 하게 되는 기적 같은 일이 일어난다, 이거지? 약속할 수 있어?"

진 샘은 새끼손가락을 내밀었다.

"그럼요. 확실해요. 만약 안되면 제가 선생님이 시키는 거 다 할게요."

무형이는 새끼를 걸고 엄지로 확인 도장을 찍었다. 그리고 손을 빼려는데 진 샘이 무형이의 손목을 꼬옥 잡았다.

"좋아. 그럼 이번에는 네 차례야. 무형아, 선생님도 약속할게. 만화책부터 시작해서 석 달만 꾸준히 책을 읽어 봐. 그럼 분명히 너도 뜰 수 있어. 네가 관심 있는 분야에서 스스로 헤엄칠 수 있을 만큼 말이야. 그러면 무형이 네가 원하는 분야에서 성공할 수 있을 건데, 해 볼래?"

순간 무형이는 진 샘에게 낚였다는 생각이 들었다. 손을 빼려고 하자 진 샘은 무형이의 손목을 다시 꼭 쥐었다.

"선생님은 진짜 수영을 싫어해. 물을 무서워하고. 하지만 네 말을 믿고 수영을 시작해 볼 거야. 먼저 물에 들어가 웅크려 볼 거야."

무형이는 진 샘의 말을 믿기로 했다.

"그러면 저도 만화책을 읽으며 책 속에서 웅크려 볼게요. 만화책이든 그림책이든 창피해하지 않고 그냥 웅크려 볼게요."

무형이는 씨익 웃었다.

"좋아요, 쌤. 근데 제가 중간에 그만두면요. 그땐 어떻게 할 건데요?"

"그럼 나도 수영을 조금 하다 중단하지 뭐."

둘은 마주보며 웃었다. 그래도 만화책이든 뭐든 석 달만 꾸준히 읽으면 뜰 수 있다는 말에 무형이는 힘을 얻었다.

'그래, 나도 한번 웅크려 보지, 뭐.'

무형이는 만화책을 옆구리에 끼고 성큼성큼 대출 창구로 걸어 나갔다.

책으로 진로 탐색을 시작하다

읽은 책: 라이트 형제, TV를 발명한 소년   **이름:** 맹우형

1 책 속의 주인공은 어떤 일을 했나요?, 그 일이 주인공에게 즐거움을 주었나요?

라이트 형제는 실패해도 다시 만들고, 부서지면 다시 고쳤다. 하지만 그런 라이트 형제가 멋있었다. 결국 라이트 형제는 하늘을 날았다. 자기들이 날 수 있다고 생각하며 만들었기 때문에 힘들었지만 즐거웠을 것 같다.

2 가장 기억에 남는 장면을 적으세요.

라이트 형제가 말도 안되는 비행기를 만들 때 재미있었다. 나도 그런 비행기를 하나 만들고 싶다. 이 책을 좀 더 일찍 읽었다면 형에게 같이 비행기를 만들자고 했을 것이다.

3 공감되는 대목이 있나요? 자신의 어떤 부분과 비슷하여 공감하였습니까?

라이트 형제는 계속 고쳐 가며 결국 비행기를 만들어 냈다. 『TV를 발명한 소년』필로 판즈위스도 그랬다. 자신이 생각했던 것을 만들어 낸다. 나도 그런 것을 만들고 싶다. 어렸을 때 블록을 조립하거나, 과학 상자 만들기를 좋아했지만, 지금은 못한다. 그래서 하고 싶다.

4장
나를 위한
일을 찾다

'건강한 이들'을 만나다

시간은 쏜살같이 흘렀다. 드디어 넷은 대회장 앞에 섰다. 한 대학교의 정문부터 기숙사 건물까지 곳곳에 전국 진로 탐색 대회 현수막이 펄럭이며 넷의 참가를 환영하고 있었다.

"대학교 기숙사는 이렇게 생겼구나. 생각했던 것만큼 멋지지는 않네. 영화 속에서는 되게 멋있던데……. 에이, 실망이다."

기숙사에 들어선 더큐는 심드렁한 표정으로 배정받은 방을 이리저리 기웃거렸다. 벽을 툭툭 치고, 2층 침대를 흔들어 보고, 화장실 상태도 살폈다.

"더큐야, 신경 끄자. 여기서는 잠만 잘 텐데, 별로면 어떠냐?"

무형이는 긴장해서 신경이 온통 곤두서 있었다. 이때 노크 소리와 함께 문이 활짝 열리더니 수지와 부선이가 뛰어 들어왔다.

"뭐냐, 노크하자마자 뛰어 들어오는 건?"

"이 방은 어때?"

더큐의 말은 듣지도 않고 수지는 계속 자기 말만 했다.

"야! 옷 갈아입고 있었으면 어쩔 뻔했어?"

"뭐래?"

수지와 부선이는 별일 아니란 식으로 반응했다. 이때 방 안에 설치된 스피커로 방송이 나왔다.

"진로 탐색 대회에 참가하신 여러분은 모두 강당에 모이기 바랍니다. 다시 한번 안내 드립……."

모두 거울을 보며 옷매무새를 살핀 뒤 방을 나섰다.

"진짜 많이 왔다. 장난이 아니다."

인원수를 헤아리던 수지가 말했다. 이백 명은 족히 넘어 보였다. 삼백 명이 앉을 수 있는 강당이라고 했는데, 빈자리가 저 정도밖에 없으니 쉰 팀은 넘게 온 것 같았다.

'여기 온 애들은 모두 공부선 같은 애들일까? 그러면…….'

무형이는 압박감에 어깨가 처졌다. 중압감에서 벗어나려고 머리를 흔들어 보기도 했지만 쉽지 않았다.

강당 정면에는 대형 스크린이 설치되어 있었다. 스크린에는 오늘 저녁에 마련된 유명 인사 특강과 밴드 축하 공연에 대한 안내가 반복되어 나왔다.

"야, 오늘 밤에는 특별히 할 일 없잖아. 축하 공연이니까 신 나게 축하 받는 거 어때?"

수지와 부선이가 밴드 공연에 들떠서 수선을 떨었다.

"노는 건 대회 끝나고 하자. 오늘 노는 건 좀 그렇다. 우리 모두 강연만 듣고 일찍 자는 게 좋겠어. 여기 오느라 알게 모르게 피곤할 텐데. 오늘 밤에 늦게까지 놀면 내일부터 힘들지도 모르잖아."

피곤함이라곤 모를 것 같은 제일 건강한 무형이가 이렇게 말을 하니 수지뿐 아니라 부선이까지도 아쉬워하는 눈치였다.

그사이 대형 스크린에는 다음 날부터 진행될 일정이 소개되고 있었다. 참가 팀은 총 세 곳에서 과제를 수행해야 했다. 1일 일정으로 두 군데, 1박 2일 일정으로 한 군데를 서로 엇갈려 다니며 체험도 하고 과제도 해결한다는 것이었다.

정확한 장소와 과제는 현장에 도착할 때쯤 알려 줄 것이라는 내용이 나오자 모두 너무한다며 아우성을 쳤다. 한참 동안 소란스러웠다. 그때 화면에 심사 기준이 올라오자 장내는 찬물을 끼얹은 듯 조용해졌다. 심사 기준이 올해부터 많이 바뀌었다는 설명과 함께 평가 기준표가 화면에 뜨자 모두 긴장한 듯했다. 다들 작년 심사 기준에 맞춰 준비를 했던 모양이었다.

"어쩌지? 교내 대회랑 완전히 다르잖아."

수지가 불안해하자 부선이는 신경 끄라며 다독였다.

"야, 시험 문제가 어려우면 우리만 어렵겠니? 다 어렵지."

부선이의 말에 더큐는 쿡 웃었다. 모든 길은 로마로 통한다더니 부선이의 말은 언제나 시험과 성공으로 통했다.

체험 장소를 뽑는 조별 추첨이 시작됐다. 부선이가 대표로 나가 봉투

하나를 뽑아 왔다.

"긴장할 것 없어."

봉투를 열기 전에 넷은 손을 모으고 파이팅을 외쳤다. 그러자 옆의 팀도 따라 했다.

"아무튼 애들이 좋은 건 꼭 따라해요."

좌우를 둘러보며 중얼대는 부선이를 끌어 앉히고 넷은 봉투를 열었다.

첫째 날 D-11 직업 활동, 둘째 날 E-09 조사 활동, 셋째 날 C-35 직업 활동.

"여긴 어딜까? 왜 이곳만 조사 활동이지?"

수지가 둘째 날을 손가락으로 짚으며 말했다.

"거긴 검지지."

"야, 오더큐. 지금 장난하고 싶냐?"

긴장한 부선이는 '둘째 날 E-09 조사 활동'을 뚫어지게 보고 있었다. 다른 날과 다른 표현에 신경이 쓰였다. 그때 스크린에 우승 팀을 비롯해 입상 팀이 받을 장학금과 각종 혜택이 떴다. 참가자들은 이미 상을 받은 것처럼 환호했다.

"한번 해 보는 거야. 꼴찌하면 뭐 어쩌겠어. 꼴찌 그거 늘 하던 건데, 뭐. 뭘 걱정하냐? 그냥 밀어붙여. 파이팅! 아자!"

참가자들의 환호성에 무형이도 소리를 지르며 파이팅을 외쳤다. 자신감을 잃은 스스로에게 하는 말이기도 했다. 그런데 다 들렸나 보다. 옆에 있던 부선이가 무형이의 옆구리를 툭툭 치며 눈을 부라렸다.

"야, 맹무형! 꼴찌가 뭐냐? 꼴찌하려면 우리가 여기 뭣하러 와. 안 돼! 우승해야 돼."

옆에 앉은 수지는 이미 킥킥대고 있었다.

"그래, 우리 우승하자, 우승. 아자아자!"

수지가 큰 소리로 외치자 나머지 셋도 우승을 외치며 환호했다.

무형이는 강연에 누가 왔는지, 무슨 말을 했는지 하나도 머리에 들어오지 않았다. 강연조차 이해하지 못하는 자신이 그냥 창피하고 속상했다. 특강 내내 팀원들을 보기가 민망했다. 그래서 강연이 끝나자마자 벌떡 일어나 도망치듯 밖으로 나왔다. 강당 안팎은 축제 현장처럼 시끌벅적했지만 기숙사는 조용하기만 했다. 몇몇 팀들도 다음 날을 준비하려는 듯 숙소로 일찍 돌아와 잠자리에 들었다. 무형이는 그런 분위기에 눌려 한참을 뒤척이다 밤늦게야 비로소 잠들 수 있었다.

이튿날, 이른 아침부터 무형이는 기숙사 주변을 한 바퀴 달리고 들어왔다. 처음 겪는 대회, 처음 보는 대학, 처음 만나는 부선이 같은 아이들……. 모두 무형이가 살던 세계에 없었던 낯선 것들이었다. 공연히 여기까지 왔다는 후회가 들 무렵, 건물과 사람들이 눈에 들어왔다.

'그래. 언젠가는 내가 와야 할 곳, 내가 만나야 할 사람들이다. 그동안 애써 피했던 것뿐이야.'

몸에서 땀이 나고 숨이 가빠 오니 왠지 자신감이 생겼다. 한번 붙어볼 마음도 생겼다. 무형이는 속도를 올려 있는 힘껏 내달렸다. 심장이 쿵쾅거리며 금방이라도 터질 것 같았다. 숨을 몰아쉬며 기숙사에 도착하자 첫날보다는 한결 익숙해졌다.

대학교 식당은 정말 넓었다. 무형이는 일찌감치 나가 밥 먹을 자리를 확보하고 친구들을 기다렸다.

아침 식사를 마치고 미니버스에 올랐다. 주최 측 담당자는 넷에게 첫 번째 장소에서 해결할 과제가 들어 있는 'D-11'이라고 적힌 봉투를 주었다. 목적지는 '건강한 이들'이라는 치과였다.

부선이는 병원이란 사실에 "예스"라고 외쳤다. 의사가 꿈인 부선이는 치과 의사가 수입이 괜찮다는 사실을 잘 알고 있었다. 반면 수지는 약간 아쉬웠다. 성형외과였다면 고등학교 졸업 후 어떤 수술부터 받으면 좋을지 정보를 한번에 알 수도 있었기 때문이다.

미니버스가 목적지를 향해 출발했다. 넷은 휴대 전화를 꺼내 '건강한 이들'을 검색하기 시작했다. 병원에 도착하기 전까지 최대한 많은 정보를 알고 있어야 할 것 같았기 때문이었다. 분담해서 정보를 검색하는 것은 이미 스터디할 때부터 많이 연습했던 터라 손발이 척척 잘 맞았다.

"'건강한 이들'은 그냥 병원이 아니라 의료 생협이야."

"의료 생협이 뭔데?"

"응. 조합원들이 모여서 만든 병원이자 조합이야. 조합원 모두가 주인인 병원이지."

수지가 다음을 이어받았다.

"생협이면서 사회적 기업이기도 하다는데?"

"사회적 기업이라고?"

"응! 사회적 기업. 이익을 우선시하는 일반 기업들과 달리 사회에 도움이 되는 일이나 제품을 만드는 기업을 말해. 개인적인 이익은 줄어들지만, 사회를 위해 공익을 선택한 기업이라고 할 수 있어."

더큐도 가세했다.

"오케이. 그런데 여긴 환자마다 진료 시간이 이십 분이나 된대. 치료만 하는 게 아닌가 봐."

"그럼 뭘 하는 건데?"

"인간적인 진료라고 하는데……. 그게 뭐냐면 사람과 사람이 만나 대화도 하고 건강에 대해 궁금한 것도 물어보며 서로 좋은 관계를 갖는 거래."

다시 무형이가 이어받았다.

"'건강한 이들'은 이백 명의 조합원이 모여 만든 조합이야. 조합원들이 자금을 모아서 병원을 세웠대."

부선이가 덧붙였다.

"그러니까 돈을 벌기 위해 환자를 치료하는 게 아니라, 사람들이 건강하고 행복하게 살 수 있도록 돕는 거래. 그러려면 환자와 의사가 서로 친해져야 하잖아. 그래서 진료 시간이 이십 분인 거래. 돈을 많이 버는 대신 행복을 나누는 사회적 기업인 셈이지."

"그런데 인간적인 진료가 뭔지 아직 본 적이 없어서 그런지 사실 잘 와 닿진 않는다."

무형이는 고개를 갸웃거렸다.

"나도 그래. 우리 할아버지 병원이랑 어떻게 다르다는 건지……."

더큐는 조금 심드렁한 표정으로 창밖을 보고 있었다.

'건강한 이들'은 여느 병원과 다를 바 없이 상가 건물들이 모여 있는 시내에 있었다. 오 층 건물의 1층과 2층을 사용하고 있었는데, 창에 예쁜 커튼이 드리워져 있어 삭막해 보이는 다른 건물들과 다르게 따뜻해 보였다.

일 층 병원 문을 열고 들어가니 카페가 있었다. 은은한 커피 향과 밝은 음악이 넷을 반겼다. 홀은 이른 시간임에도 사람들로 북적거렸는데, 어디를 봐도 병원 같은 느낌이 들지 않았다.

"반가워요. 오신 걸 환영해요."

오십 대 초반으로 보이는 여성이 다가와 악수를 청했다. 옷에 달린 작은 이름표에는 원장이란 직함이 적혀 있었다. 의사들이 입는 흰색 가운 대신 새하얀 셔츠 차림이었다. 그 옆에 '이사랑'이란 이름표를 단 삼십 대 초반의 여의사가 함께 넷을 맞았다. 아이들은 이사랑 선생의 안내로 병원을 둘러보았다. 2층에는 가정집처럼 꾸며진 진료실들이 있었다. 사진으로 보았던 것보다 더 정감 있어 보였다. 2층 모퉁이에는 통유리로 두른 회의실이 있었다. 회의실 테이블에는 과제가 적힌 종이가 놓여 있었다.

부카부카하실 건가요?

오전 진료를 시작하자 병원은 분주해졌다. 수지와 더큐는 1층 카페에서 서빙을 돕고, 무형이와 부선이는 2층 진료 대기실에서 문진하는 일을 맡았다.

문진은 간호사가 환자에게 증상을 물으며 기록하는 일이었다. 형식적으로 조용히 기록하는 일반 병원과 달리 이곳 문진 시간은 간호사와 환자 들이 수다 떠는 시간처럼 보였다.

"어제 그 드라마 보셨어요? 전 엄청 울었어요."

"저도요. 그래도 저는 그 둘이 잘되었으면 좋겠어요."

"누가 아니래요."

부선이는 문진하는 간호사와 환자가 계속 수다를 떠는 꼴을 못마땅해했다.

"간호사들은 왜 일을 안 하고 수다만 떠는 거니? 주인이 따로 없는 병원이라 그런가?"

"저럴 시간에 얼른 접수 받아서 진료실에 착착 밀어 넣어야 돈을 벌지. 큰일이다, 큰일."

부선이는 걱정이 늘어졌다. 무형이는 부선이가 장차 운영할 병원의 모습이 눈앞에 선했다.

'정말 걱정이다. 부선이네 병원.'

이런 생각을 하다가 무형이는 씨익 웃었다.

이때 진료실 안에서 아기의 날카로운 울음소리가 들렸다. 이어서 난감해하는 원장의 목소리도 새어 나왔다. 덜컥하고 문이 열리더니 한 아주머니가 자지러지게 우는 아이를 안고 밖으로 나왔다.

"아이 참, 왜 자꾸 우는 거야. 입만 벌리는 거잖아. 아프지 않다니까."

아이가 계속 눈물을 흘리며 앙앙거리자 엄마는 시계를 보며 다급한 표정을 지었다.

"그만 울란 말이야. 누가 때렸니? 하나도 안 아픈데 왜 울어, 왜? 시간도 없는데 왜 자꾸 울어!"

아이 엄마는 급한 마음에 아이를 더 다그쳤다. 그럴수록 아이의 울음소리는 더 커져만 갔다.

'아무리 인간적인 병원이라도 아이들이 무서워하는 건 어쩔 수 없구나.'

무형이와 부선이는 계속 환자들이 들어오는 바람에 진료실과 대기실을 오가며 바삐 움직였다. 그러던 중 무형이의 발을 멈추게 한 아이가 있었다. 엄마랑 치과 놀이를 하며 진료를 기다리는 아이였다. 엄마는 아이 목소리를 흉내 내며 환자 역을 맡았고, 그 아이는 의사 역이었다.

"선생님, 저를 부카부카하실 건가요?"

아이 엄마는 겁먹은 목소리로 말했다.

"그럼요. 잠깐 부카부카를 하고 치익추욱을 할 겁니다. 아프지 않으니까 조금만 참으세요."

아이는 제법 의젓하고 침착한 목소리로 의사 흉내를 냈다.

"선생님, 저는 막 무서워지려고 해요."

엄마는 무서워 어깨를 살짝 떠는 시늉을 했다. 그러자 아이는 엄마의 어깨를 도닥이며 말했다.

"저를 믿으세요. 아프지 않게 해 줄게요. 만약 이가 썩었다면 위이잉 위이잉도 할 수 있어요. 그때는 조금 아파요."

그러자 엄마는 어깨를 움츠리고 더 불쌍한 표정을 지으며 아이의 손을 꼭 잡았다.

"선생님, 많이 아플까요? 조금 아프면 참을 수 있지만 많이 아프면 어떡하나요?"

아이는 고사리손으로 엄마 머리를 쓰다듬었다.

"조금은 아플 거예요. 하지만 제가 조금만 아프게 해 줄게요. 걱정 마세요. 날 믿으세요."

아이의 말에 엄마 환자는 눈을 감고 입을 벌렸다. 꼬마 의사는 장난감 막대기를 들고 입안을 들여다보며 살짝 웃었다.

"그럼 시작할게요."

아이는 이렇게 말하더니 "부카부카 부카부카 치익추욱 치익추욱" 소

리를 내며 장난감 막대기를 엄마 입속에 밀어 넣었다.

이 두 사람을 보던 무형이는 어린 시절을 떠올렸다. 무형이는 매번 치과에 혼자 가야 했다. 늘 혼자 치과에 있어야 했던 무형이는 무서움을 떨치려고 치과에 가기 전날에는 집에서 치과 놀이를 했다. 아이의 모습이 어린 시절 자신의 모습과 어딘가 닮아 있었다. 한참을 지켜보다 무형이는 문진표 뒷면에 무언가를 그리기 시작했다.

환자들은 순서에 따라 원장실과 이사랑 선생의 방에 들어갔는데, 아이가 들어가면 어김없이 우는 소리가 들려왔다. 그러면 대기실에 있던 아이들도 따라 울었다. 아이들이 "엄마, 나도 저렇게 아픈 거야?"라고 엄마에게 물으면 대부분의 엄마들은 "아니, 하나도 안 아파. 의사 선생님이 하나도 안 아프게 해 준다고 했어"라고 거짓말을 했다. 하지만 그 말을 들은 아이들은 대부분 울음을 터뜨렸다.

'울음소리가 들리는데 안 아프다고 말하니 아이들이 엄마 말을 믿지 못할 수밖에.'

무형이는 쯔쯔 혀를 찼다.

'아까 그 아이 엄마는 아프다고 솔직하게 말하던데.'

반면에 노인들이 진료실로 들어가면 얼마 지나지 않아 웃음소리가 터져 나왔다. 원장의 웃음소리도 뒤따랐다. 간혹 아줌마들이 진료실로 들어가면 수다로 시끄러울 때도 있었다. '건강한 이들'은 웃음과 수다가 함께 있는, 참 신기한 병원이었다.

점심시간이 되자 원장과 이사랑 선생은 넷을 데리고 점심을 먹으러 나갔다. 자주 가는 식당이 있다며 데리고 간 곳은 백반집이었다. 오래된 한옥을 개조해 만든 식당이었는데 시간이 1시를 넘겨서인지 들어가는 사람보다 나오는 사람이 더 많았다. 그 식당은 들어갈 때 인원수에 맞춰 자동으로 주문이 이루어졌다. 문 안으로 들어서자 문 앞에 서 있던 주인이 "상 여섯이요"라고 외쳤다.

"오전 일은 어땠어요? 병원 일이 재미있었던가요?"

방의 빈자리를 찾아서 앉자마자 원장이 물었다.

"예. 좋았어요. 어려서부터 할아버지 병원에 많이 가 봤는데요, 이 병원은 할아버지 병원과 달리 의사와 환자들이 즐겁게 소통하는 모습에 놀랐어요."

더큐의 말에 원장과 이사랑 선생은 흐뭇한 표정을 지었다. 수지도 자기 바람을 이야기했다.

"카페는 인테리어가 좀 아쉬웠어요. 소품도 그렇고, 좌석 배치도요. 제가 매니저 님에게 허락받고 소품 몇 개를 옮겨 봤더니 예쁘다고 하셨어요. 만약 가능하다면 전체적으로 자리 배치부터 다 다시 해 드리고 싶어요. 그래도 될까요?"

수지는 대회 생각보다 카페를 예쁘게 꾸밀 생각에 더 빠져 있었다.

"그래요, 수지 학생. 원하는 대로 한번 배치해 봐요."

"저도 드릴 말씀이 있는데요, 오늘 어린아이들이 많이 울었어요. 진료실에서 아이가 울면 밖에서 기다리던 아이들도 따라 울더라고요. 진료

받기도 전에 겁을 먹는 거예요."

무형이의 말에 이사랑 선생이 공감하며 거들었다.

"맞아요. 영국 국민의 93퍼센트가 치과 기피증이 있다는 자료를 본 적이 있어요. 치과 비용이 비싸서가 아니라 '치과 공포증' 때문이라는 거예요."

치과를 두려워하는 게 자기만이 아니란 사실을 알고 나니 무형이는 어린 시절 이야기를 수월하게 할 수 있었다.

"제가 충치가 많이 생기는 치아 구조라서 어렸을 때 자주 치과에 갔는데요. 엄마가 바빠서 항상 혼자 갔어요. 치료받을 때 기계에서 나는 소리가 너무 싫고 무서웠어요. 그래서 치과를 가는 날이 다가오면 방문을 잠그고 치과 놀이를 하곤 했어요. 어떤 놀이냐면요."

무형이는 아까 그림을 그려 둔 문진표를 호주머니에서 꺼내어 펼쳐 보였다.

"이것은 아빠가 쓰는 컴퓨터 청소용 먼지 제거 스프레이예요. 여기에 빨대를 끼워서 누르면 치과에서 쓰는 기계처럼 '치익추욱' 하는 소리가 나요. 그래서 이걸 가지고 혼자 놀았어요. '아플 거예요, 참으세요, 네, 선생님' 하면서요."

직접 가지고 놀던 모습을 재현하는 무형이를 다들 귀엽다는 표정으로 바라봤다.

"그런데요. 오늘 어떤 아이가 엄마랑 그 놀이를 하고 있는 거예요. 비록 장난감 막대기를 들고 있긴 했지만 입으로는 제가 내던 소리와 똑같은 소리를 내더라고요. '부카부카 치익추욱, 부카부카 치익추욱' 이렇게 요."

무형이는 자신이 만들어서 가지고 놀았던 장난감을 그림으로 보여 주었다.

"보시는 것처럼 빨대에 스프레이를 이렇게 연결하면 장난감으로 치과 놀이를 할 수 있어요."

무형이의 설명에 원장과 이사랑 선생은 매우 흥미로워했다.

"정한이는 '부카부카 치익추욱' 말고도 '위이잉' 놀이도 했어요. 저처럼 요. 이 그림은 위이잉 놀이를 할 수 있는 장난감을 그려 본 거예요. 이런 장난감을 만들어 주면 아이들이 치과 놀이를 하면서 치료받는 것을 덜 무서워할 것 같아요."

원장은 크게 고개를 끄덕이며 감탄했다.

"의사 생활을 이십 년 넘게 하면서도 생각하지 못한 건데, 정말 훌륭하네요. 이사랑 선생은 어떻게 생각해요?"

"저도 깜짝 놀랐어요, 원장님. 그냥 듣고 넘기기엔 너무 아까운 아이디어예요."

이사랑 선생의 말에 원장도 같은 생각이라며 진짜 장난감으로 만들어 보자고 말했다.

"무형 학생, 이 그림을 좀 더 자세히 그려 줄 수 있을까요? 이걸 만들어서 우리 병원에서 사용해 보면 좋을 것 같아서요."

무형이는 원장의 제안에 흔쾌히 동의했다.

"그럼요! 크게 확대해서 자세히 그려 드릴게요."

원장은 무릎을 치며 기뻐했다.

"좋았어요. 그럼 해 봅시다. 우리 병원 꼬마 환자들이 무형 학생 덕분에 행복해지겠군요. 정말 굉장한 일이에요. 기대가 됩니다."

점심 밥상이 방으로 들어왔지만, 원장은 누군가와 통화를 했다.

"그래요. 최 사장, 그럼 이따 병원에서 봐요. 그래요, 이따 봅시다."

옆에서 통화를 듣던 이사랑 선생이 최 사장이 유명 완구 회사 대표라고 귀띔해 주었다. 원장은 최 사장에게 무형이의 아이디어를 실제 치과놀이 장난감으로 만들어 달라고 할 참이었다.

오후 일과까지 마친 네 사람은 2층 회의실에 모였다. 부선이는 두리번거리며 감시 카메라를 찾았다.

"없다, 여긴 없어. 휴, 다행이다."

그 사이에 다른 아이들은 1번과 2번의 답을 적었다. 그러나 3번 질문에 대한 답은 의견이 극명히 나뉘었다.

"어머, 여기서 일하는 의사는 다른 병원 의사들보다 돈을 훨씬 덜 버는 거네. 그럼 어떻게 해?"

수지가 3번 문제를 읽다가 깜짝 놀라며 말했다. 인간적인 진료를 위해 평생 15억 원~60억 원 정도를 포기하며 산다는 문제의 내용 때문이었다.

"내가 의사라도 그렇게 할 거야. 행복하잖아."

더큐의 말에 다들 공감했지만 부선이는 반대였다.

"너네는 부자잖아. 할아버지가 병원장이라며. 하지만 나는 그렇게는 못 살아. 우리 집은 가난하단 말이야. 열심히 하면 평균 이상을 벌 수도 있는데 왜 그걸 포기하니? 난 못해."

더큐는 부선이의 말을 받았다.

"우리 할아버지는 병원에서 환자들과 거의 대화를 안 하셔. "다음, 다음" 그러면서 계속 진료만 해."

부선이는 얼굴을 찡그렸다. 자기 꿈이 의사인데, 반드시 의사가 되어서 성공하겠다고 생각해 온 자신인데, 잡담하느라 돈을 포기해야 한다는 것은 말도 되지 않는다고 생각했다.

"이렇게 돈을 못 벌 거면 왜 그 힘든 의사를 해야 하는데? 얼마나 죽기 살기로 공부해야 될 수 있는 건데?"

무형이는 하고 싶은 말이 있었지만 공부 이야기가 나오는 바람에 그냥 입을 닫고 말았다.

전국 진로 탐색 대회 과제

이름: 맹무혁, 오덕규, 함수지, 공부선

1 인간적인 진료를 통해 발견한 바를 제시한 초성을 사용하여 각각 다섯 글자 이내로 완성하시오.

1) 의사는 인간적인 진료를 통해 (ㅅ 사람)과 (ㅂ 보람)을 얻는 대신, (ㅁ 많은 돈을 벌) 기회를 포기한다.

2) 환자가 인간적인 진료를 통해 (ㄱ 공동체)의 (ㅈ 존중)을 얻으려면 (ㅅ 소통)할 준비를 해야 한다.

2 '건강한 이들'의 카페는 인간적인 진료에 어떤 역할을 하는지 50자 이내로 적으시오.

병원에 대한 인식을 치료만 받는 딱딱한 공간에서 삶을 나누는 따뜻한 공간으로 바꾸는 역할을 한다.

3 '건강한 이들'의 의사는 일반 병원 의사에 비해 매년 5천만 원~2억 원을 덜 번다고 한다. 의사로 일할 수 있는 기간을 30년으로 계산하면 약 15~60억 원을 포기하며 사는 셈이다. 당신이 의사라면 인간적인 진료를 위해 그 정도 수입을 포기할 수 있겠는가? 가능 또는 불가능의 이유를 250자 내외로 쓰시오. (단, 팀원 만장일치로 결정된 의견만 써야 함.)

포기할 수 없다. 인간적인 진료보다 병을 고치는 진료를 할 것이다. 많은 환자를 고칠 것이다. 그리고 돈도 많이 벌 것이다. 환자들이 덜 행복하더라도 나의 행복을 위해 그렇게 할 것이다. 여기까지는 네 명 중 한 사람이 주장한 바이다. 그런데 나머지 세 명은 그 한 사람의 말을 따르기로 했다. 이유는 포기할 수 없다는 한 사람의 의견이 너무 강했기 때문이다. 하지만 인간적인 진료를 포기한 것은 아니다. 반대 한 명이 분명히 변화될 것이라고 믿기 때문이다. 셋은 모두 반대 한 명의 의견에 공감한다. 돈을 많이 버는 의사를 인정한 것이다. 하지만 그 의사가 반드시 변할 것이라고 믿는다. 환자를 잘 보살피는 의사가 되고 싶어 하는 그 마음을 알기 때문이다.

코드대로 찾다

둘째 날 아침이 밝았다. 버스는 무형이네를 포함해 여러 참가 팀들을 '지역 커뮤니티 엑스포'가 열리는 시청 건물 앞 광장에 내려놓았다. 대형 텐트와 부스가 시청 앞 넓은 광장을 가득 메운 채 축제 분위기를 돋우고 있었지만, 참가자들의 표정에는 긴장감이 역력했다.

"어제 왔던 학생들 아닌가요?"

어제도 경쟁 팀들이 다녀간 모양이었다. 어제 다녀간 팀들과 오늘 새로 온 팀들을 구분하지 못할 정도로 엑스포 현장 요원들은 바쁘게 움직이고 있었다.

'그렇다면 지금 '건강한 이들'로 간 팀도 있겠구나.'

시간만 다를 뿐, 상대 팀도 똑같은 과제를 하고 있다는 생각에 궁금증과 부담감이 확 밀려왔다. 그래서인지 무형이는 자꾸 주먹을 불끈 쥐며 스스로에게 다짐을 하고 있었다.

드디어 과제가 나왔다.

지역 커뮤니티 엑스포에 참가한 기업의 대표를 인터뷰하시오.

'지역 커뮤니티 엑스포'는 지역 기업과 사회적 기업, 시민 단체 등이 그들의 상품과 사업을 지역 주민에게 홍보하는 큰 행사였다. 각 기업과 단체의 대표들이 직접 나와 지역 주민과 일일이 인사도 하고 상품을 설명하며 바쁘게 움직이고 있었다.

과제가 적힌 종이와 각 기업 부스를 번갈아 보던 아이들은 오늘도 역시 쉽지 않겠다는 생각에 한숨이 새어 나왔다.

진행 팀장은 참가자들에게 안내 자료와 초시계를 나눠 주며 규칙을 설명했다.

"먼저 적성 검사의 여섯 가지 영역인 RIASEC으로 분류된 기업들의 명단을 보세요. 여섯 가지 영역 중에서 한 가지 영역을 먼저 선택하시고, 그 영역 안에 있는 기업의 대표 중에서 인터뷰하실 분을 찾아 한 시간 동안 인터뷰를 하는 것이 과제입니다."

안내문에는 RIASEC 영역 중에서 한 영역을 정하면 다른 영역의 기업은 인터뷰할 수 없다는 것과 한 사람과 한 시간 이상 인터뷰를 지속해야 과제에 성공한 것으로 인정한다는 조항이 적혀 있었다.

"그럼 이 시계는 어떻게 사용하는 것인가요?"

부선이가 초시계를 만지작거리며 물었다.

"지금 여러분께 드린 초시계에는 십 분 버튼이 달려 있어요. 그 버튼을 누르고 십 분이 지나면 알람이 울리게 됩니다. 자, 한번 눌러 보세요."

무형이도 초시계의 버튼을 눌러 작동이 제대로 되는지 확인해 보았다.

십 분 버튼을 누르자 계기판이 9분 59초, 9분 58초로 바뀌며 시간이 줄어들었다. 팀장의 설명은 계속 되었다.

"십 분 버튼은 처음에만 여러분이 누릅니다. 십 분이 지나 알람이 울리면 그 다음부터는 인터뷰하는 기업 대표들이 버튼을 누르게 될 것입니다. 이것이 인터뷰 과제의 가장 중요한 규칙입니다. 만약 첫 십 분 동안 인터뷰하는 내용이 부실하다고 생각되면 대표들은 버튼을 누르지 않을 겁니다. 그러면 인터뷰는 끝이 나고 여러분은 과제에 실패하게 됩니다. 그러니 여러분은 기업 대표들이 계속 십 분 버튼을 누르고 싶도록 인터뷰를 준비해야 합니다. 여러분과의 대화가 유익하다고 생각되면 기업 대표들은 십 분 버튼을 계속 누르면서 여러분과 대화할 것입니다."

결국 한 시간 이상 인터뷰에 성공하려면 기업가들의 관심을 끌 만한 대화를 계속해야 하는 것이다.

"어제는 몇 명이 성공했나요?"

수지가 애교 넘치는 목소리로 물었지만 팀장은 빙긋 웃기만 할 뿐 말해 줄 수 없다며 손을 저었다. 부선이는 긴장이 되는지 두 손을 비비며 손바닥에 바람을 후후 불었다. 잠시 후 참가 팀들은 팀장의 안내로 행사장 안에 있는 비즈니스 센터로 들어갔다. 참가 팀들은 앞서 받은 기업들 명단을 훑어보며 인터뷰 준비를 시작했다.

"지금부터 한 시간의 준비 시간을 드립니다. 그동안 여러분이 인터뷰할 기업 대표를 한 분이나 두 분 정해 진행 본부에 제출해 주세요. 지금

시각이 10시 40분이니까, 11시 40분까지 제출해 주셔야 해요."

팀장은 본부석에 쌓여 있는 도시락을 가리켰다.

"명단을 제출하고 나서 점심 식사는 여기 있는 도시락을 드시면 됩니다. 그사이 저희 진행 본부는 여러분이 제출한 기업이나 단체의 대표를 섭외해서 인터뷰를 할 수 있도록 준비하겠습니다. 모든 인터뷰는 1시에 시작되며 종료 시각은 오후 3시 30분입니다. 만약 3시 30분까지 인터뷰에 성공하지 못하면 과제에 실패하게 됩니다. 그 점 잘 기억하시기 바랍니다."

팀장은 설명을 마치고 서둘러 본부로 향했다. 무형이네 팀에 잠시 침묵이 흘렀다. 모두 고심하는 표정이 역력했다.

"누구를 만나느냐보다 오랫동안 이야기 할 수 있는 것이 무엇이냐가 과제의 핵심이라고 생각해."

더큐가 먼저 침묵을 깨고 나왔다.

"그러니까 결국은 평소에 관심을 가졌던 분야를 골라야 한다는 거지?"

수지가 더큐 말에 동의했다.

"그럼 지금부터 1시 전까지 자료를 검색해서 대화를 할 수 있는 사람을 찾아야 해. 서두르자."

무형이는 머리가 복잡했다. 이 짧은 시간 동안 인터뷰 준비를 해야 하는데, 두 명이나 조사하기는 현실적으로 불가능했다. 그래서 다른 셋의 반발을 걱정하며 조심스럽게 말을 꺼냈다.

"그런데 나는 한 명만 조사해야겠어. 두 명 다 조사하기에는 시간이 부족해."

수지는 자기도 그런 생각을 했다며 무형이에게 손가락으로 미니 하트를 만들어 보였다. 무형이는 얼굴이 확 달아올랐다.

'뭐지, 저 하트는?'

하지만 뜨거워진 얼굴에 신경을 쓸 겨를이 없었다. 넷은 잠시 고민에 빠졌다. 하나같이 한숨을 푹푹 쉬었다.

"누굴 만나지?"

"만나서 무슨 이야기를 하지?"

모두 같은 문제로 끙끙거리며 자료를 뒤적였다.

"빨리 말하란 말이야, 이 바보야. 네가 뭐에 관심 있는지. 한 시간 이상 이야기할 수 있는 분야가 뭐냐고?"

수지는 푸념을 늘어놓더니 자기 머리를 쥐어박기 시작했다.

모두 수지를 보며 웃긴 했지만 사실 수지만의 문제가 아니었다. 다들 같은 고민을 하고 있었다.

무형이는 수지의 모습을 보면서 자신이야말로 저렇게 쥐어박혀야 된다고 생각했다. 대회장의 컴퓨터로 기업들이 무슨 사업을 하는지 검색하며 대화할 내용을 찾으려고 애썼다.

"더큐야, 이 회사는 태양광 충전 램프라는 걸 만드는데 그게 뭐냐?"

무형이는 더큐의 귀에 대고 작은 소리로 속삭였다. 더큐는 빙긋 웃더니, 검색창에 '태양광 충전 램프'라고 입력했다. 그러자 가난한 나라의 어린이들이 불을 밝히는 사진들이 모니터에 떴다. 태양광 발전으로 낮에 충전을 한 뒤 밤에 사용하는 램프였던 것이다.

'이크, 검색하면 되는데…….'

순간 무형이는 모르는 게 너무 많다는 생각에 검색하면 알 수 있다는 생각마저 할 수 없을 만큼 얼어 있었다.

'안되겠어.'

무형이는 벌떡 일어나 팔 굽혀 펴기를 시작했다.

"야, 맹무형. 시간 없어. 운동할 시간 없다고."

부선이가 잔소리를 해 댔다. 하지만 무형이는 들은 척도 않고 계속 팔 굽혀 펴기를 하며 속으로 중얼거렸다.

'맹무형, 너는 무식해. 그래, 난 무식해. 하지만 지금부턴 내 무식에 집중하지 마. 내가 만날 사람에게 집중해. 넌 찾아야 해. 넌 가능해.'

무형이는 벌떡 일어나 다시 기업 목록을 앞으로 당기고 앉았다. 이마에는 구슬땀이 흘렀지만, 전보다 집중력이 강해진 것 같았다.

"정답을 모를 때는 오답부터 지우면 돼. 그러면 정답에 조금 더 가까워질 수 있어."

부선이는 계속 잔소리를 해 댔다. 무형이는 부선이 말대로 전혀 이해할 수 없는 영역부터 지워 갔다.

'예쁜 거 만드는 일 좋아하니? A를?'

'사람들을 가르치고, 관계 맺는 거 좋아하니? S를?'

무형이는 고개를 가로저으며 예술형 A와 사회형 S를 지웠다.

'이런 쪽은 별로 안 좋아하는구나. 그러면 날마다 돈이나 숫자 계산하는 건?'

관습형 C도 별로라는 생각이 들었다. 몸을 움직이는 것은 좋아하지만 날마다 우편물을 배달하는 일은 별로라고 말했던 기억이 났던 것이다.

'그래, 그럼 C도 지우자.'

그렇게 혼자 중얼거리며 지우다 보니 마지막으로 실제형 R만 남았다.

'휴우 됐어……. 기계를 조작하는 것을 좋아하는 실제형 R이 내 코드였지. 그래, 맞아.'

무형이는 깊게 숨을 내쉬었다. 학교에서 처음 모여 공부했을 때 자신이 골랐던 직업 사진이 떠올랐다.

'그래, 그때 그래서 그걸 배웠던 거였구나.'

다른 친구들을 돌아보니 모두 열심히 기업을 고르느라고 혼잣말을 중얼대고 있었다. 무형이는 다시금 마음을 다잡고, R에 속한 기업들을 자세히 살피기 시작했다.

한편 수지도 부선이의 말대로 목록에서 기업들을 하나씩 지워 갔다. 운동선수나 경호원 같이 몸을 쓰는 일은 어차피 자신과 거리가 머니 제일 먼저 실제형 R을 지우고는 얼마 전에 부선이와 은행에 갔던 기억을 떠올렸다.

"야, 부선아! 은행에서 날마다 똑같은 일을 하면 지루하지 않을까? 저 사람들 정말 대단하지 않나?"

하지만 부선이는 수지와 다른 생각이었다.

"난 이해되는데? 좋잖아. 날마다 머리 안 아파도 되고. 딱 정해진 일만 하니까 실수만 안 하면 되잖아."

부선이는 딱 정해진 일을 좋아하는 관습형 C를 갖고 있지만 자신에게는 규칙적으로 일을 하는 금융이나 공무원 일이 맞지 않다는 것을 기억해 냈다.

'나한테는 관습형 C가 안 맞아.'

수지에게 남은 것은 무언가 연구하고 새로운 것을 찾는 연구형 I와 예술적 감각이 필요한 예술형 A만 남았다. 수지는 그중에서 예술형 A를 선택했다.

40여 분이 흐른 뒤에야 모두 각자 선택한 영역에서 인터뷰할 기업 대표를 찾아낼 수 있었다. 무형이는 실제형 R 영역에서 수제 자전거 공방 대표를, 더큐는 사회형 S 영역에서 친환경 농산물 협동조합 대표를, 부선이는 연구형 I 영역에서 심장 클리닉 원장을, 그리고 수지는 예술형 A 영역에서 셰어 하우스 건축 회사 대표를 인터뷰하기로 결정했다.

명단을 제출하고 돌아오니 인터뷰까지는 한 시간 삼십 분 남아 있었다. 넷은 점심을 초스피드로 먹으며 인터뷰 전략을 짜기 시작했다.

"얘들아! 아무래도 인터뷰하다가 막힐 것 같아. 그럴 때를 대비해서 공통 질문 같은 걸 미리 준비해야 하지 않을까?"

부선이의 말에 모두 머리를 모으고 둘러앉았다. 부선이가 걱정하던 일은 대부분 실제 일어나기 때문이었다.

"우리가 만날 대표들이 대답하지 않을 수 없는 질문을 각자 한 개씩 생각해 보자."

더큐가 밥과 반찬을 동시에 입안에 욱여넣으며 몇 번 씹다 말고 무엇이라도 생각난 듯 "아!" 하고 입을 벌렸다.

"야! 밥맛 떨어져. 입을 다물고 먹으란 말이야. 벌리고 있지 말고."

더큐는 들은 척도 안 하더니 얼른 종이에 질문을 하나 적었다. 그러더니 쿡쿡댔다.

저 같은 사람이 귀사에 지원한다면 뽑아 주시겠습니까?

"우아, 좋다."

"질문 괜찮은데?"

저마다 칭찬 일색이었다. 부선이도 종이에다 질문을 적기 시작했다.

당신은 어느 정도가 되어야 스스로 성공했다고 받아들이겠습니까?

부선이의 질문을 본 아이들은 밥을 삼키며 한마디씩 했다.

"야, 공부선. 너는 머릿속에 '공부, 성공, 돈' 그런 거밖에 없냐?"

"지겹지도 않냐? 맨날 똑같은 말만 하는 거?"

"또, 또, 부선이답다."

우리 나이로 돌아간다면 잘할 수 있는 일과 하고 싶은 일 중 무엇을 선택 하시겠습니까?

수지가 적은 질문이었다. 모두 하나씩 질문을 쓰면서 도시락을 비우는데 무형이는 밥도 먹지 않고 골똘히 생각에만 잠겨 있었다.
"뭐하냐, 지금?"
부선이의 재촉에 무형이는 당황한 듯 자폭하는 질문을 적고 말았다.

공부를 못하면 사회생활하기 어렵다는데 정말인가요?

더큐가 낄낄거렸다.
"이 질문은 아무나 생각해 낼 수 있는 질문이 아닌데……."
더큐 농담에 무형이가 눈을 부라리자, 더큐는 반사적으로 배를 감싸며 피했다.
무형이는 셋과는 다른 기준으로 인터뷰 대상자를 골랐다. 왠지 학교 다닐 때 공부를 못했을 것 같은 사람을 만나 보고 싶었다. 자기처럼 공부를 못했지만 성공한 사람이 있다면 이번 기회에 만나 보고 싶다는 생각으로 기업 대표들의 경력 사항을 살폈다.
'어떤 대학을 나왔지?'
어디가 유명한 대학인지도 모르는 무형이는 그냥 낯설어 보이는 대학 이름을 찾았다.

'대학에 안 간 사람은 없나?'

그동안 공부 못하면 끝이라거나 공부를 그렇게 못하는데 사회에 나가서 구실이라도 하겠냐, 어떻게 먹고살려고 공부를 안 하냐는 등의 말을 귀에 못이 박히도록 들어 온 무형이었다. 하지만 공부를 못하면 정말 끝인지 알고 싶었다. 왠지 공부는 못했지만 성공한 사람이 이 목록에 한 명쯤은 있을 것 같았다.

관심이 성공을 이끌다

넷은 각자 인터뷰를 신청한 기업 대표를 만나기 위해 비즈니스 센터를 떠났다. 파이팅을 외치며 서로에게 힘을 불어넣었지만 헤어지고 나자 떨리기 시작했다. 비즈니스 센터에서 가장 가까운 곳에서는 수지가 인터뷰를 신청한 셰어 하우스 '하모니'의 대표가 기다리고 있었다.

셰어 하우스란 1인 가족, 즉 독신자들이 모여 사는 공동 주택이다. 한 집에 여러 명이 모여 사는데 큰 방에 둘 또는 셋이 함께 살기도 한다. 그러면 혼자 사는 원룸보다 방값이 싸진다. 또한 넓은 거실과 주방을 함께 쓸 수 있다. 그래서 이삼십 대에게 인기가 높은데 이런 1인 가구 현상을 문화적으로 풀어내어 성공한 기업이 바로 하모니였다.

하모니는 단순히 집을 개조해 사람들에게 빌려 주는 임대 회사와는 달랐다. 무엇보다 같이 살고 싶은 사람들끼리 모여 사는 집을 만들어 준다. 미술 분야에서 일하는 사람들의 집, 책을 좋아하는 여성들의 집, 요리를 좋아하는 사람들의 집, 커피를 좋아하는 남자들의 집처럼 다양한 주제로 집을 만들었다. 각 집마다 특성에 맞춰 거실을 북 카페처럼 꾸미거나, 주방에 큼지막한 아일랜드 식탁과 조리 시설을 만들거나, 에스프레소 기계를 설치했다. 그래서 같이 사는 사람들끼리 서로 관심사를 나누며 행복하게 살 수 있게 했다. 이런 집들이 신문과 방송에 소개되면서 입주자들의 신청이 끊이지 않는다고 한다.

이처럼 사회에 도움을 주며 성공한 사회적 기업의 대표를 수지가 만나게 된 것이다. 수지는 애교와 미소가 가득한 얼굴로 대표에게 인사를 했다. 그는 훤칠한 키에 감색 바지와 밤색 체크무늬 양복을 갖춰 입은 멋쟁이 총각이었다. 처음에는 대표가 대화를 이끌었다. 편안하게 대화가 이어진지 십 분이 되자 초시계의 알람이 삐삐 날카롭게 울리며 분위기를 깨뜨렸다.

"그럼, 본격적으로 인터뷰를 해 볼까요?"

대표가 초시계의 십 분 버튼을 꾹 눌렀다.

"하모니는 임대업을 하는 회사와 어떻게 다른가요?"

수지의 질문에 대표는 빙그레 웃으며 간단하게 말했다.

"임대업이 돈을 많이 벌기 위해 집을 빌려 주는 일이라면, 하모니는 행복을 위해 집을 빌려 주는 일을 하는 회사라고 할 수 있어요."

수지가 구체적으로 이야기를 듣고 싶다고 하자 구체적인 일화들을 들려주느라 그는 초시계를 여러 번 눌러야 했다. 질문에 대한 답이 끝나자 다시 알람이 울렸다.

순간 대표는 자신의 손목시계를 내려다보았다.

'앗! 시계를 봤어. 어쩌지?'

수지는 위기감에 머리끝이 쭈뼛 섰다.

'그래, 아까 준비한 비상용 질문 중 하나를 써야겠어.'

수지는 수첩에 적어 둔 질문 중 우선 눈에 띄는 것 하나를 읽었다.

"저 같은 사람이 귀사에 지원한다면 뽑아 주시겠습니까?"

"······."

사장은 씨익 웃기만 했다. 그러고는 대답 대신 질문을 했다.

"왜 우리 회사에 지원하려고 하죠?"

'헐! 이건 전혀 예상하지 못한 반응인데. 어쩌지?'

수지는 순간 고민했다. 정말 취직하려고 물어본 질문은 아니었다. 더큐가 만든 질문이 그냥 눈에 띄어 읽었을 뿐이었다.

'으악, 딴 거 읽을 걸. 휴우, 어쩌지?'

위기를 돌파하려고 던진 질문에 되려 완전히 말렸다. 졸지에 회사 대표 앞에서 취업 면접을 보게 된 것이다.

'뭐라고 대답하지? 잘못 말하면 면접에서 떨어지듯 진짜 대회에서 떨어지는 거 아냐?'

수지의 콧등에 땀이 송골송골 맺혔다.

한편 더큐는 친환경 농산물 협동조합 '건강한 지구'의 대표를 만났다.

"안녕하세요?"

더큐의 인사에 손을 내밀어 악수를 청하는 대표는 홈페이지에서 보았던 분이 아니었다. 시작부터 떨렸다. 이번에 새로 부임했다며 스스로를 소개하는 여사장의 차림새는 금방 비닐하우스에서 일하다가 나온 사람처럼 소박한 농촌 작업복 차림이었다.

"건강한 지구가 화학 비료에 찌든 땅을 살리고, 친환경 농산물을 재배해서 값싼 수입 농산물 때문에 어려움을 겪던 농촌 마을을 다시 살려 내고 있다는 뉴스를 많이 보았습니다."

더큐는 회사를 칭찬하며 인터뷰 분위기를 끌어가려 애썼다.

"학생, 참 똑똑하네요. 저희가 하는 일을 알아줘서 고마워요."

사장은 매우 흡족한 표정을 지었다. 하지만 말이 별로 없는 사람이라 그런지 짧게 대답을 끝냈다. 더큐는 긴장이 되었다. 초시계는 아직 한 번도 울리지 않았지만 벌써 정적이 흘렀다.

딸롱 딸롱 딸리롱.

그때 사장의 휴대 전화로 문자가 여러 통 들어왔다.

"미안해요. 잠시 문자만 확인할게요."

사장은 벌떡 일어나 뒤로 돌아서더니 메시지를 확인했다.

"요즘 새로 출하되는 과일들이 많아서……. 미안해요."

눈을 찡긋하며 사장은 휴대 전화를 내려놓았다. 더큐는 아까부터 머리를 재빨리 굴려 봤지만 딱히 질문이 떠오르지 않았다.

'맞아. 아까 준비해 둔 질문을 사용해야겠어.'

더큐는 얼른 수첩을 펼쳐 아까 메모해 둔 질문 중 하나를 골랐다.

'지금 이 어색한 분위기를 깨려면 조금 도전적인 질문이 좋겠지?'

더큐가 고개를 한번 끄덕이며 찾아낸 질문은 이것이었다.

"당신은 어느 정도가 되어야 스스로 성공했다고 받아들이겠습니까?"

다 읽고 나서야 더큐는 '당신'이란 단어를 대표님으로 바꾸지 않고 그냥 읽었다는 것을 깨달았다.

'아뿔싸! 이를 어쩌지?'

더큐는 이마에 식은땀이 흘렀다. 대표는 더큐의 질문을 듣더니 잠시 천장을 올려다보며 깊게 숨을 내쉬었다.

"학생 눈에는 내가 성공한 대표처럼 보이지 않나 보네요?"

'이런, 화가 나셨나?'

더큐는 순간 당황했다. 성공에 대한 거창한 이야기를 듣다 보면 시간이 훅 갈 거라는 생각에 던진 질문이었다. 괜한 질문을 해서 대표의 심기를 건드린 것 같아 더큐는 어쩔 줄 몰랐다.

더큐가 식은땀을 흘리는 동안, 부선이는 심장 클리닉 '이심방 병원'의 원장과 인터뷰를 진행하고 있었다. 기형적인 심장을 안고 태어난 신생아를 수술한 일, 네팔이나 몽골에서 의료 봉사를 한 이야기 등 부선이는 준비해 간 자료로 원장과 많은 이야기를 나누었다. 인터뷰는 물 흐르듯 잘 흘러가고 있었다. 하지만 대화를 할수록 더욱 더 궁금해지는 것이 있었다. 많은 환자를 수술하는 의사, 세계적으로 잘 알려진 유명한 의사인 원장이 돈을 얼마나 버는지 정말 궁금했다. 부선이 자신이 유명해지고 싶고, 돈도 많이 벌고 싶으니 더욱 그랬다. 부선이는 원장이 자신의 롤 모델 같다는 생각을 했다.

"원장님같이 유명한 의사가 되면 일 년에 돈을 얼마나 벌 수 있나요?"

갑작스런 질문에 원장은 어색한 미소를 지었다.

"글쎄, 그게 그렇게 궁금했어요? 다른 것보다도?"

순간 부선이는 엄청난 사고를 쳤다는 사실을 깨달았다. 인터뷰 내내 원장은 인간을 위한 의료, 따뜻한 인간관계를 맺는 진료에 대해 말했다. 그런데 이제 와서 지금까지의 이야기와는 정반대인 돈 얘기를 그것도 자신이 먼저 꺼내다니, 큰일이 아닐 수 없었다.

'왜 그랬을까? 이제 어쩌지?'

부선이는 어차피 망한 거, 끝까지 밀고 가기라도 해야겠다고 마음먹었다.

"원장님, 저는 의사가 꿈이에요. 의사가 되어서 크게 성공하고 싶어요. 돈도 많이 벌고 원장님처럼 유명해지고요. 그래서 돈을 얼마까지 벌 수 있는지 알고 싶었어요."

"푸하하."

원장은 웃음을 터뜨렸다. 어린 여학생의 입에서 돈을 벌고 싶어서 의사가 되겠다는 말을 들으니 어이없기도 하고, 맹랑해 보이기도 했다.

"학생, 의사가 돈을 많이 벌기 위해 진료한다면 환자는 어떤 존재가 되는 거죠? 소비자? 아님 돈을 벌게 해 주는 사람? 뭐라고 생각하세요?"

부선이는 천 길 낭떠러지 끝에 발끝으로 서 있는 것 같았다.

'정말 큰일이다. 어쩌지? 하지만 여기서 밀리면 끝장인데……. 에잇, 몰라. 끝까지 밀고 가 보자. 죽기 아니면 살기야.'

위기에 몰릴수록 승부사 근성이 나오는 부선이는 큰 목소리로 솔직하게 자기 생각을 말했다.

"의사가 돈을 많이 번다는 것은 환자들을 많이 치료해 준다는 뜻이니까, 치료받는 환자들에게도 좋은 거 아닌가요?"

원장은 부선이의 말을 듣고 가벼운 신음 소리를 냈다. 잠시 둘 사이에 적막이 흘렀다.

삐빅 삐빅.

초시계가 울렸다. 부선이 손에는 땀이 흥건히 배어 있었다.

다들 곤란한 지경에 빠졌다는 사실을 알 리 없는 무형이는 수제 자전거 공방 대표를 만나 순조롭게 이야기를 나누고 있었다. 비즈니스 센터에서 인터뷰를 준비할 때만 해도 무형이는 걱정이 많았다. 무얼 준비해야 할지 몰랐다. 당장 기업가를 만나야 하는데, 무형이 자신은 기업가가 되고 싶었던 적도 없었고, 그런 건 아무나 하는 것이 아니라고 생각했었다. 평생 만날 일이 없으리라 생각했던 사람을 만나려고 하니 외계인을 만날 준비를 하는 것처럼 막막했다. 인터뷰는커녕 대화를 나눌 거리조차 찾을 수가 없었다. 무형이에게는 진로 탐색 대회 자체가 자기와는 상관없는 일들의 연속으로 느껴졌다. 막막하다 못해 울컥울컥 짜증까지 나려 했다.

'왜 난 이 따위로 살았지? 나에게 필요한 일은 하나도 생각하지 않고 되는 대로 살았나⋯⋯.'

하지만 짜증 났던 준비 시간과 달리, 자전거 공방 대표를 만나자 인터뷰는 술술 풀렸다.

"수제 자전거 사업을 하기 전, 제 나이 때는 어떤 일을 하셨어요? 공부만 했나요?"

공방 대표는 자신이 중·고등학교 때 이런저런 것을 조립하던 이야기를 했다. 그 말에 장단 맞추듯 무형이도 자신의 경험담을 이야기했다.

무형이는 초등학교 6학년 겨울 방학 때 본체가 고장 난 오디오, 스피커가 망가진 텔레비전, 오래된 구형 컴퓨터를 모두 해체해서 홈 시어터를 만들었던 적이 있다. 그때 땜질을 잘못해 불을 낼 뻔했다고 했더니 공방 주인도 예전에 조립하다 크게 실수해서 다친 이야기를 들려주었다.

"진짜 용접을 배우고 싶었어요. 무선 조종 자동차를 여러 개 만들었는데, 본드로 붙여서 만들었거든요. 진짜 자동차를 만들려면 용접을 해야 하는데 불꽃이 튀는 그 광경을 생각하면 막 가슴이 뛰어요."

공방 대표는 무형이가 자신과 비슷한 경험이 많다며 무형이의 진로에 대해 궁금해했다.

"대학도 그런 쪽으로 갈 건가요?"

무형이는 성적이 전교 바닥이라는 말을 차마 꺼낼 수가 없었다. 무선 조종 자동차를 만들며 진짜 자동차를 직접 만들어 보고 싶다는 생각을 많이 했다. 하지만 그건 그냥 재미로 한 생각이었을 뿐, 꼭 그런 대학을 가야겠다는 희망을 품어 본 적도 없었다. 성적이 안되니까.

공방 대표는 삐삐거리는 초시계의 버튼을 다시 누르며 말없이 듣고 있는 무형이에게 자신의 친구 이야기를 해 주었다.

"프라 모델을 만드는 친구가 있어요. 그 친구는 자기 집 지하에 작업실을 만들어 지금도 용접을 하며 살고 있어요. 사람들은 그 친구를 금속 설치 미술가라고 불러요. 날마다 쇠를 자르고 붙이며 자기가 만들고 싶은 걸 만들고 살죠. 그 친구가 그랬어요. 쇠도 자꾸 만지다 보면 말랑말랑해진다고."

무형이는 침을 꿀꺽 삼키며 공방 주인 앞으로 의자를 당겨 앉았다.

"저도 용접을 배울 수 있을까요?"

넷은 정해진 인터뷰 시간을 마치고 비즈니스 센터로 향했다. 서로 결과가 너무 궁금했다.

'몇 명이나 통과했을까?'

더큐는 머리를 긁적거리며 어깨가 축 처져서 걸어오고, 수지는 얼굴이 화끈거리는지 손으로 부채질을 하면서 바삐 걸어왔다. 부선이는 알 수 없는 표정으로 걸어왔다.

"어떻게 됐니?"

"다들 어떻게 됐어?"

"뭐냐고? 빨리 말해 봐."

넷은 하나 둘 셋 하면 말하기로 하고 동시에 외쳤다.

"하나, 둘, 셋!"

"통과!"

"합격!"

"패스!"

"성공!"

모두 서로의 결과에 깜짝 놀라 부둥켜안고 정중정중 뛰었다. 그렇게 한동안 그 자리에서 뛰며 기뻐했다.

"야, 네가 만든 질문하다가 죽는 줄 알았어."

"야, 더큐. 너 때문에 완전 나 죽다 살아났잖아."

"난 어쩌고. 돈 이야기 했다가 완전 물먹을 뻔했어."

넷은 인터뷰 도중에 겪은 난감한 상황들을 고백하며 한참동안 웃음 꽃을 피웠다.

"근데 어떻게 통과했어?"

다들 본격적으로 무용담을 늘어놓으려는 순간, 진행 팀장이 들어왔다. 오늘 인터뷰한 소감문을 작성하라며 활동지를 나눠 주었다. 다들 흥분한 마음을 가라앉히며 종이를 받아 들었다. '인터뷰를 통해 발견한 나'라는 제목이 적혀 있었다.

"이것도 점수에 들어가나요?"

부선이 말에 모두 걱정스러운 표정으로 진행 팀장을 바라봤다. 하지만 팀장은 아니라며 편안한 마음으로 쓰라고 했다.

"그럼 인터뷰를 준비하던 이야기를 써도 되나요?"

무형이가 물었다. 최대한 많은 이야기를 적어야 한 장을 채울 수 있겠다고 생각한 것이다.

'제법인데?'

더큐는 속으로 생각하며 무형이를 보고 씽긋 웃었다. 괜찮다는 진행 팀장의 말을 듣고 무형이는 오늘 하루 지역 커뮤니티 엑스포를 탐방하며 겪은 일들을 다시 떠올렸다. 주변에 기업과 단체가 참 많이 있다는 사실을 처음 알았고, 인터뷰를 준비하면서 자기 자신에게 진지하게 무언가를 물어본 적이 없었다는 사실을 깨달았다. 중요한 사람들을 만나서 나눌 이야기가 없는 자신을 발견했다고 적어 내려갔다.

하지만 자신이 찾아간 공방 대표와는 편안하게 이야기할 수 있었다. 좋아하는 일이 있다면 그와 비슷한 일을 하는 사람과는 얼마든지 친구가 될 수 있다는 걸 알았다는 말을 마지막으로 적었다. 무형이는 호주머니에서 공방 대표의 명함을 꺼내 보며 언제든지 놀러 오라던 말을 떠올렸다.

숙소로 돌아온 넷은 저녁을 먹으며 낮에 했던 인터뷰에서 숨 가빴던 순간들을 이야기하기 시작했다.

"야, 더큐 너 때문에 나 완전 죽을 뻔했던 거 알아?"

수지는 그때 상황을 생각하니 땀이 난다는 듯이 손으로 부채질을 했다.

"네가 말한 대로 나 같은 사람이 지원하면 뽑아 주겠냐고 물었거든.

그랬더니 왜 지원하려는 거냐고 되묻는 거야. 그때 얼마나 당황했는지 알아?"

수지가 주먹을 들어 더큐를 때리려고 하자 부선이가 말리며 그래서 어떻게 되었는지 궁금해 죽겠다며 호들갑을 떨었다.

"뭐라 하긴. 그냥 사실대로 말했지. 디자인이나 건축에 관심이 많다고."

그랬다. 대표는 곧바로 수지에게 물었다. 좋아하는 건축물이 무엇이냐고. 수지는 그제야 가슴을 쓸어내리며 답을 할 수 있었다. 인터뷰 전 자료를 검색하다가 우연히 건물을 하나 봤는데 참 인상적이라 기억에 남았던 것이 있었다.

"메티 스쿨입니다."

방글라데시는 가난한 나라 중 하나로 문맹률이 높다. 그 나라의 한 마을에 독일 건축가가 나서서 소똥과 흙을 섞어 대나무에 발라 통풍이 잘되고 외관도 훌륭한 학교 건물을 지었다. 그것이 '메티 스쿨'이었다.

수지의 대답에 하모니 대표는 매우 흥미로워했다.

"그러면 혹시 한 군데 더 말해 줄 수 있어요?"

대표는 버튼을 누르며 거듭 물었다.

"네. 제가 어렸을 때부터 자주 그리던 그림이 있는데요, 그 그림과 비슷한 건물이 하나 있어요. 일본 후쿠오카에 있는 '아크로스 빌딩'입니다."

아크로스 빌딩은 뒷모습은 보통 건물처럼 네모나지만 앞모습은 산등 성이처럼 녹지로 덮인 언덕 모양의 자연 친화적 건축물이다. 나무와 꽃 을 심어 지붕으로 삼았기 때문에 냉난방비를 60퍼센트 정도 절약할 수 도 있으며, 외양이 아름답기로도 유명한 건물이었다.

수지는 평소에 결혼하면 이런 집을 짓고 살아야겠다며 연습장에 그렸 던 그림이 있었는데 자기 그림과 꼭 닮은 아크로스 빌딩을 보고 정말 신 기했다고 말했다. 지금도 그런 집을 지어 살고 싶다고, 함께 살고 싶은 사람도 찾았다는 수지의 말에 하모니 대표는 웃음을 터뜨렸다. 하지만 그 마지막 이야기는 아이들에게 하지 않았다. 무형이가 바로 옆에 있었 기 때문이다.

"야, 낙서가 너를 살렸다."

"그래. 사람 일은 참 모르는 거야."

모두 평소의 관심이 수지를 살렸다며 기뻐했다. 그건 무형이도 마찬 가지였다. 평소 이것저것 뜯어봤던 일이 있었기에 오늘 인터뷰에 통과 할 수 있었다.

"나도 부선이 너 때문에 죽을 뻔했어."

더큐는 물을 병째 들어 한 모금 들이켰다.

"야! 물을 컵에 따라 마셔야지. 그렇게 먹으면 다른 사람들은 더러워 서 어떻게 먹니?"

"가만히 있어 봐. 왜 부선이 때문에 죽을 뻔했는데?"

수지는 투덜대는 부선이의 입을 막고 더큐에게 이야기를 하라고 재촉했다.

"처음부터 말이 막혔어. 그래도 뭐라도 물어봐야 하니까 부선이가 만든 질문을 던졌지. 스스로 어느 정도면 성공한 것으로 받아들이겠냐고 했더니, 지금 자신이 성공한 것처럼 보이지 않느냐며 표정이 굳어지는 거야. 정말 식은땀이 나더라니까."

아이들은 '우와' 하는 탄성을 내며 그 결과에 대해 궁금해했다. 더큐는 손짓 발짓을 하며 당시 상황을 재현했다.

그때 상황은 이랬다. 더큐가 아무 말도 못하고 한참 허둥대며 진땀만 흘리는데 초시계가 울리기 시작했다. 건강한 지구 대표는 더큐를 바라보며 시계를 누를지 말지 망설였다. 그때 더큐가 벌떡 일어나 외쳤다.

"저는 사실 성공이란 단어가 싫습니다. 제가 긴장해서 친구가 만든 질문을 읽은 겁니다. 성공이란 단어가 거슬렸는데 오히려 그걸 읽고 말았네요."

대표는 버튼을 누르고 더큐에게 물었다.

"왜 성공이란 단어가 싫죠?"

더큐는 할아버지 병원 이야기를 했다.

"저는 할아버지의 성공을 닮고 싶지 않아요. 오히려 야생 동물을 대가 없이 치료하는 게 더 보람되고 행복할 것 같아요."

그 대답에 흥미를 느낀 건강한 지구 대표는 십 분 버튼을 또 눌렀다.

"그러면 학생은 진정한 성공이 뭐라고 생각해요?"

대표의 눈빛이 따뜻하게 바뀌었다. 오히려 사장이 묻고 더큐가 답하는 인터뷰가 되어 버렸다.

"아직 모르겠어요. 하지만 나 하나만을 위한 성공보다는 여러 사람의 행복도 중요하게 생각하며 살아가는 것이 좋겠다고 생각해요."

그러자 대표도 자기 이야기를 시작했다.

"나도 사실 나 혼자 성공하기보다는 농민들과 함께 행복하게 살 수 있는 마을을 만들고 싶어요, 경제적으로 어려움 없이 살아가는 모습도 보고 싶고요."

서로 묻고 답하는 사이에 인터뷰는 어느새 한 시간을 훌쩍 넘겼다.

부선이 차례가 되었다. 하지만 부선이는 아직 정리가 되지 않았다며 말을 아꼈다. 심란한 표정으로 심장 클리닉 원장이 준 명함만 만지작거리고 있었다. 인터뷰 내용을 어떻게 정리해야 할지 혼란스럽기만 했다.

"부선 학생에게 의사란 환자를 고쳐 주고 돈을 버는 직업인가요, 아니면 돈을 벌기 위해 환자를 고치는 직업인가요?"

"뭐가 다르죠? 같은 말 아닌가요?"

부선이는 둘이 같은 말이라고 계속 우겼다. 자기는 돈을 많이 벌어야 한다고, 자기 집은 돈이 많이 필요한 집이라고, 좋은 의사가 되어 환자들도 고쳐 주고 돈도 벌고 싶다고, 똑같은 말을 몇 번이고 반복했다. 하지만 속으로는 둘이 완전히 다른 의미란 것을 잘 알고 있었다.

부선이는 원장을 만나고 이야기하며 그동안 자신이 가진 결심이 엉터리였다는 것을 알게 되었다. 사실 자신은 세상에는 아픈 사람이 많으니까 그 사람들을 치료해 엄청난 돈을 벌고 싶었을 뿐이지, 세상이 건강해져서 환자가 줄어들기를 바란 적은 없었으니까.

"방학 때 봉사 활동 하고 싶으면 우리 병원으로 와요. 그 고민도 같이 가지고 오고요."

원장의 말에 부선이는 마음이 무거웠다. 하지만 의사가 되고 싶은 마음에는 변함이 없었다.

'그래. 방학 때 봉사를 가서 더 고민해 보자. 우선 이 대회에서 입상해야 하니까 시간을 좀 더 끌어야 해.'

부선이는 그렇게 시간을 보냈다. 하지만 아이들에게 자기 고민 이야기는 빼고 했다. 무형이도 부선이에 이어 수제 자전거 공방 대표와 나눈 이야기를 친구들에게 들려주었다. 그러면서 자기가 느낀 고민도 함께 이야기했다. 그 정도는 말해도 될 만한 친구들이라고 생각했다. 그렇게 이야기를 나누면서 밤은 깊어 갔고 다음 날이 그들을 기다리고 있었다.

5장

성숙해지는 법을 배우다

꿈A Acceptance [æksέptəns] 받아들임

부족할수록 있는 그대로의 자신을 보듬어야 한다. 부족함을 받아들이는 것이 용기이다. 자신에게 끝까지 기회를 주는 자기 사랑이 필요하다. 그래야 힘을 내어 원하는 자신을 만들어 갈 수 있는 것이다.

버려질 운명 앞에 서다

　세 번째 과제를 수행하기 위해 네 사람은 이른 새벽에 버스에 올랐다. 기숙사는 새벽잠에 빠져 있는 시간이었지만, C-35로 가는 팀들은 일찍 길을 나서야 했다. C-35는 도시 외곽에 있어서 차로 두 시간 정도 가야 했기 때문이다. 버스 안에는 같은 곳에서 인턴을 할 다른 세 팀이 함께 타고 있었다. 의자 너머로 서로 인사를 나누었지만 경계하는 표정이 역력했다. 시내를 빠져나온 버스가 고속 도로로 접어들자 운전석 옆에 설치된 모니터가 켜지더니 과제가 담긴 봉투가 각 팀별로 전달되었다. 모니터에서는 안내 영상이 나오기 시작했다.

　"안녕하세요? 저는 수제 치즈 진심의 대표 고리혜입니다."

　작업복처럼 보이는 흰색 가운을 입은 대표가 인사를 했다. '진심'에서는 옛날 방식 그대로 오랜 기간 숙성을 거쳐 진심을 담은 수제 치즈를 만든다고 소개했다. 우리가 시중에서 볼 수 있는 것은 숙성 기간이 아주 짧은 가공 치즈라고 설명하면서 진심의 치즈가 가진 장점을 말했다.

　"진심의 치즈는 고급 식당과 음식 평론가들로부터 최고라는 평가를 받고 있어요. 그런 평가를 받기 위해 어떤 노력을 기울이고 있는지 여러분이 직접 경험하게 될 겁니다."

소개가 끝나자 모니터가 꺼지고 실내등이 켜졌다. 넷은 각자 역할을 나누어 자료 조사를 시작했다.

"야, 이 회사 장난 아니야. 완전 유명한 회사네."

"프랑스 치즈, 스위스 치즈, 이탈리아 치즈를 생산하고 있어."

부선이는 회사 홈페이지와 관련 뉴스를 검색하고 있었다.

"나는 수제 치즈에 대해 좀 더 알아볼게."

"회사의 대표 상품과 특징은 내가 찾아볼게."

무형이가 나서자 수지도 거들었다.

"그럼 난 치즈 제조 공법을 알아보고 우리가 할 작업을 예상해 볼게."

더큐가 마무리를 맡았다. 한참을 달리던 버스가 휴게소에서 멈춰 서자, 넷은 휴게소에 놓인 야외 테이블에 모여 앉아 각자 조사한 내용을 나누었다.

"치즈는 기원전 2000년 이전부터 인간이 즐겨 먹던 음식이래. 양과 염소를 치던 목동들은 당시에 자기가 마실 우유를 동물의 위로 만든 주머니에 넣어 다녔대, 그런데 더운 날씨에 주머니 속의 우유가 덩어리로 변하는 것을 보고 치즈를 발견하게 됐대."

무형이가 조사한 내용이었다. 그때 부선이가 끼어들었다.

"아니지, 그건 치즈가 아니라 '커드'라고 하는 거야. 게다가 명확한 사실도 아니고 전해 내려오는 전설 같은 건데."

무형이는 뜨끔했다. 좀 더 정확한 사실을 조사할 필요를 느꼈다.

"부선이 말이 맞아. 우유가 뭉쳐진 덩어리는 커드라고 부르고, 그 커드를 오랜 기간 숙성시키면 그때 치즈가 된대. 미안."

얼굴이 벌개진 채 무형이는 계속 설명을 이어 갔다.

"우유가 커드라는 덩어리가 되는 것은 동물의 위에서 나오는 레닛 (rennet)이란 효소 때문이야. 레닛은 송아지가 어미의 우유를 먹으면 그 우유가 몸 밖으로 빠져나가지 못하게 하려고 덩어리로 만드는 역할을 한대. 옛날 목동이 가지고 다녔던 우유 주머니가 소나 염소의 위로 만든 거였잖아. 그 위에 남아 있던 레닛이 커드를 만든 거고, 그렇게 해서 치즈가 발견된 거지."

무형이의 설명에 부선이가 내용을 보탰다.

"먼저 우유를 살짝 끓인 다음, 김이 무럭무럭 나는 우유에 레닛을 넣고 섞어. 한 시간쯤 지나면 우유가 두부처럼 단단해지는데 그 덩어리가 커드야. 커드를 건지고 나면 노란 빛의 액체가 남는데 그걸 옛날에는 버렸어. 하지만 요즘은 그걸 응고시켜 치즈를 만드는데 그것이 '리코타 치즈'야."

부선이의 치밀한 조사에 무형이는 머리를 긁적였다.

"커드를 건져 내서 둥근 틀에 담은 뒤 꽉 눌러서 단단하게 만든 다음 숙성시키면 치즈가 돼. 숙성시키는 방식에 따라 치즈 종류가 달라지는데 단단한 커드를 소금물에 담근 뒤 꺼내서 숙성시키면 에멘탈러 치즈, 효모 섞은 물에 적신 헝겊으로 문질러 닦아서 숙성시키면 카망베르 치즈가 돼. 와인에 커드를 담가 숙성시켜 만드는 치즈도 있대."

설명을 하다가 더큐는 휴대 전화로 내려받은 사진들을 보여 주었다.

"이게 방금 부선이가 말한 카망베르 치즈야. 하얀 곰팡이가 솜털처럼 덮여 있지? 이 곰팡이는 '페니실리움 카망베르티'라고 해. 페니실린 알지? 푸른 곰팡이. 그거랑 비슷한 종류라는데 몸에는 좋은 곰팡이래. 이 흰색 곰팡이가 숙성하면서 치즈 속으로 파고 들어간대. 그래서 카망베르 치즈에서 부드러운 맛이 나는 거래."

'곰팡이를 먹는다고?'

숙성시키지 않아 곰팡이가 없는 리코타 치즈만을 좋아하는 수지는 고개를 저었다.

"이건 세상에 가장 잘 알려진 치즈인데, 바로 체더치즈야. 만화 영화 〈톰과 제리〉에 나오는 그 치즈지. 영국 서머싯 지방의 체더 마을에서 유래한 치즈라서 그런 이름이 붙었대. 세계에서 사람들이 가장 많이 먹는 치즈라고 해. 썰어서 빵에 얹으면……."

그때 버스가 출발한다는 말이 들렸다. 넷은 조사를 멈추고 버스를 향해 뛰었다. 그사이에도 숨을 헐떡이며 부선이가 더큐 말을 수정했다.

"야, 〈톰과 제리〉에 나오는 치즈는 체더치즈가 아니라 에멘탈러 치즈야."

역시 부선이었다.

진심에 도착하자마자 넷은 바로 생산 공장으로 향했다. 그리고 생산 팀장으로부터 일정과 주요 사항을 전달받았다.

"잘 아셨죠? 여러분은 이틀 동안 커드 만들기부터 치즈 숙성시키기까지 모든 과정을 배우고, 치즈를 직접 만들어 볼 거예요. 만약 제대로 해내지 못하면 감점당한다는 사실 꼭 기억해 주세요."

넷은 스위스 치즈를 만드는 팀에 배정되었는데 스위스 치즈는 치즈 중에서도 가장 고약한 냄새가 났다.

'이틀 동안 고릿한 이 냄새를 어떻게 계속 맡지?'

청국장 냄새와 우유 비린내가 합쳐진 듯한 냄새에 다들 걱정이 태산이었다. 마치 몇 년은 목욕 안 한 사람에게서 날 법한 냄새가 공장에 가득했다.

처음 방문한 곳은 여러 곳의 치즈 숙성실이었다. 3만 개가 넘는 치즈가 선반마다 빼곡히 올려 있는 이탈리아 파르메산 치즈 숙성실에서 입이 벌어지는 구경을 하고 7번 방으로 자리를 옮겼다.

"여기는 에멘탈러 치즈 숙성실입니다."

그곳에서 팀장과 직원 한 명이 잘 익은 수박을 찾듯 치즈를 손으로 톡톡 두드리더니 소리가 좋은 치즈 덩어리 하나를 골라 넷 앞에 내려놓았다. 치즈를 도마 위에 올리고 칼로 자르니 〈톰과 제리〉에서 봤던 구멍이 숭숭 난 부채꼴 모양의 치즈 조각이 되었다. 이 광경을 지켜본 학생들은 모두 "우아" 하며 탄성을 질렀다. 팀장은 손가락으로 구멍들을 가리키며 말했다.

"이 구멍들이 치즈의 눈이에요. 커드를 압착시킨 덩어리를 숙성시키면 치즈 안에서 프로피온산균이 발효를 해요. 발효하면서 이산화탄소

가스가 생기는데 그 가스가 치즈 밖으로 빠져나가지 못하니까 보이는 것처럼 치즈 내부에 구멍들을 만드는 거예요. 치즈에 눈이 생겼다는 건 치즈가 잘 숙성하고 있다는 뜻이지요."

에멘탈러 치즈 숙성실을 구경하는데 다른 직원들이 옆쪽에서 치즈를 뒤집고 있었다.

"저렇게 치즈를 뒤집어 주는 것도 방금 말씀하신 치즈의 눈 때문인가요?"

더큐가 물었다.

"맞아요. 치즈의 눈이 한쪽으로 쏠리지 않고 골고루 생기도록 치즈를 뒤집어 주는 거예요. 치즈의 눈이 골고루 퍼져 있어야 좋은 치즈로 평가받거든요. 중요한 질문을 잘해 주셨으니 여러분에게 특별한 선물을 드리지요."

팀장이 치즈를 뒤집던 직원들에게 잠깐 멈추라고 손짓을 하자, 숙성실이 조용해졌다.

"쉬잇! 잘 들어 보세요. 쉬잇!"

팀장이 문 옆 스위치를 내렸다. 불이 꺼지고 숙성실 안에 까만 정적이 흐르자 무형이는 자기 심장 소리까지 들리는 것 같았다. 그때 팀장이 작은 목소리로 말했다.

"이제 눈을 감아 보세요. 무슨 소리가 들릴 거예요."

조금 기다리니 고요한 어둠 속에서 나지막한 울림이 들리는 듯했다.

'뭐지?'

넷은 숨소리를 죽이고 어둠 속에서 귀를 쫑긋 세웠다. 불규칙적인 리듬이 들려왔다. 숙성실이 어둠 속에 깊이 잠기면 잠길수록 작은 울림들이 어우러지기 시작했다. 지금껏 들어 본 적 없는 신비한 생명의 소리였다.

'확인하고 싶다.'

무형이는 실눈을 뜨고 주변을 살폈다. 창틈으로 들어온 노란 불빛이 희미하게 선반 위 치즈들에 반사되고 있었다. 치즈가 놓인 선반들 사이로 나지막한 울림이 어우러지고 있었다.

'치즈의 울림.'

무형이는 다시 눈을 감았다. 평생 잊을 수 없는 소리를 마음 깊이 담아 두고 싶었다. 몸을 움츠리고 귀에 모든 감각을 모았다. 손끝이 가볍게 떨렸다.

'치즈의 살아 있는 소리.'

그 작은 소리가 넷의 마음으로 전해지며 큰 울림으로 번져 갔다. 그때 팀장이 북을 치듯 치즈들을 가볍게 두드리며 천천히 걷기 시작했다. 그러자 팀장이 두드린 치즈들이 내는 소리가 더 맑고 분명했다. 치즈의 노랫소리는 더 또렷해지고 분명해졌다. 치즈의 노래가 흘러나오는 에멘탈러 치즈 숙성실 7번 방은 시간이 멈춘 듯 고요한 가운데 생명의 박동 소리가 어우러져 신비로운 기운으로 가득찼다.

한참 후 불이 켜졌고 팀장은 설명을 계속했다. 넷은 꿈을 꾼 듯 주변을 둘러보며 경탄해 마지 않았다.

"스위스 사람들은 치즈 숙성실을 육아실이라고 해요. 아기를 키우듯 치즈를 숙성시킨다는 뜻이지요."

치즈의 울림을 듣고 나니 치즈가 그냥 우유 덩어리가 아니라 살아 있는 생명체처럼 다가왔다. 작고 낮은 소리였지만 넷의 마음에는 크고 깊은 울림을 전해 주었다.

다음 장소는 치즈 전시관이었다. 스위스 전통 가옥 모양의 건물로 전시관은 정문 옆에 있었다. 스위스와 프랑스 전통 의상을 입은 직원들이 치즈를 소개하며 판매하는 곳이었다.

"이것은 치즈를 뜨겁게 녹여 빵을 찍어 먹는 요리인 퐁뒤에 사용되는 그뤼예르 치즈예요. 그리고 이건 빌헬름 텔이 먹었다는 라클레트 치즈인데 녹여서 삶은 감자 위에 얹어 먹지요. '라클레'는 '긁다'라는 뜻을 가진 프랑스 어로……."

부선이와 더큐는 받아 적느라 바빴고, 무형이와 수지는 얇게 저며 놓은 치즈 조각들을 맛보느라 바빴다.

"웩! 맛이 이상해."

수지가 역한 치즈 맛에 토할 듯 혀를 쭉 뽑자, 부선이가 눈을 부라리며 나무랐다.

"지금 대회 중이잖아."

"미안. 하지만 먹어 봐. 너도 그럴걸?"

수지는 억울하다는 듯 먹던 치즈 조각을 부선이 입에 넣어 주었다. 부선이의 표정이 금세 일그러졌다.

"거 봐, 거 봐. 장난 아니지?"

수지는 부선이에게 혀를 날름 내밀었다.

이때 팀장이 거칠게 생긴 호밀빵을 썰어 그 위에 치즈를 얹으며 말했다.

"이 치즈들은 맨입에 먹으면 고릿한 맛이 나요. 하지만 이렇게 호밀빵에 얹어서 먹으면 맛이 완전히 달라집니다. 자, 드셔 보세요."

팀장이 빵을 내밀자 모두 뒤로 한 걸음 물러섰다. 하지만 대회 중에 마냥 이럴 수는 없는 노릇이었다. 무형이가 앞으로 나섰다.

"제가 먹겠습니다."

"예, 좋아요. 자, 그럼 한번 먹어 보세요."

팀장이 치즈 얹은 빵을 무형이에게 건네자, 이왕 먹는 거 멋지게 먹자며 무형이는 빵을 한입 가득 베어 물고 우적우적 씹었다.

'토하는 일만 남았네⋯⋯. 셋, 둘, 하나⋯⋯.'

숫자를 세며 수지는 무형이의 표정을 살폈다. 하지만 무형이의 반응은 예상과 정반대였다.

"어? 맛있는데요? 완전 고소해. 같은 치즈 넣은 거 맞죠?"

무형이의 반응을 보더니 나머지 셋도 자기도 먹겠다며 나섰다.

"진짜 맛있다. 어떻게 이런 맛이 나지? 분명히 치즈만 먹을 때는 고린내가 났는데."

더큐 말에 부선이와 수지도 질세라 치즈를 빵에 듬뿍 올려서 먹었다.

그러자 팀장이 물었다.

"여러분! 먹어 보니 어때요? 유럽 사람들이 어떻게 긴 겨울 동안 빵과 치즈만 먹고 살았는지 이해할 수 있겠어요?"

모두 고개를 끄덕였다. 이런 맛이라면 겨우내 먹어도 질리지 않을 것 같았다. 아니, 이렇게만 먹고 살아도 참 좋겠다는 생각을 했다.

"프랑스에서는 식사 초대를 하면 최소한 세 종류 이상의 치즈를 쟁반 위에 놓는 것이 예의래요. 손님은 그렇다고 치즈를 많이 먹으면 안 되요. 치즈를 너무 많이 먹으면 그건 그 집 음식이 별로라는 뜻이 되니까요."

"오호!"

다들 팀장의 이야기에 공감했다.

'그래, 치즈만 먹어도 맛있겠다.'

넷은 계속 입맛을 다셨다.

교육이 끝나고 첫날 오전에 할 업무를 받았다. 치즈 숙성실과 보관실 청소였다. 7번 방은 수지와 부선이가, 8번 방은 무형이가, 파르메산 치즈 보관실은 더큐가 맡았다. 청소를 할 때는 먼지를 내지 않도록 주의해야 한다고 했다. 곰팡이가 커드에 달라붙어 치즈를 숙성시키는 곳인 만큼 먼지만 조심스럽게 제거해야 했다. 일을 마칠 때가 되니 점심시간을 알리는 음악이 긴 복도의 스피커를 타고 흘러나왔다. 길고 긴 오전이었다.

점심 식사를 끝내자 생산 팀장은 참가자들을 공장의 생산 코너로 안내했다.

"지금부터 치즈를 만들 겁니다. 미리 알려 드리는데요. 커드와 치즈는 보기와는 달리 매우 무겁습니다. 조심하지 않으면 손가락 힘줄이 끊어지거나 인대가 늘어날 수 있어요. 오래 일한 사람도 종종 이런 사고를 당하는데요, 여러분은 초보이니 더욱 조심하기 바랍니다."

팀장은 자기 손등을 모두에게 보여 주었다. 곳곳에 심한 흉터가 보였다.

"맞아. 치즈에는 돌처럼 단단한 경성 치즈가 있고, 부드러운 연성 치즈가 있는데 특히 에멘탈러나 파르메산 치즈는 무거운 경성 치즈야. 모두 주의해야 해."

무형이가 다른 친구들에게 조심하라고 당부했다.

커드를 만드는 일부터 커드를 건져 올려 압착하는 일까지 직접 해 보니 여간 힘든 일이 아니었다. 에멘탈러 치즈는 무게가 100킬로그램가량 되었기 때문에 참가자들은 상대적으로 가벼운 파르메산 치즈용 커드를 만드는 일을 하게 되었다. 하지만 가볍다고 해도 30킬로그램이니 만만치 않은 일이었다. 수지와 부선이는 커드를 들어 올리다 놓칠 뻔해서 두 번이나 위험 경고를 받았다.

더큐는 커드를 틀에 넣어 압착하려다가 커드가 뭉개지는 바람에 경고를 한 번 받았다. 모두 경고를 받지 않으려고 이를 악물고 일했지만 치즈는 보기와는 달리 정말 무겁고 버거웠다. 돌덩어리, 아니 쇳덩어리를 들어 올리는 느낌이었다. 입에서 단내가 나도록 일을 한다는 말이 무슨 뜻인지 알 수 있을 정도였다.

압착된 커드는 보관실에 두어 꼬들꼬들하게 만든다. 보관실에 있는 커드는 소금물에 20일 정도 담갔다가 다시 선반에 올려 잘 말린다. 그런 뒤 숙성실로 옮겨 2년간 잘 보존하면 비로소 파르메산 치즈가 되는 것이다.

무형이도 거친 숨을 몰아쉬면서 일했다. 힘은 들었지만 어떻게 이 하얀 커드 덩어리가 숙성되어서 노란빛의 치즈가 되는지 궁금했다. 낮은 울림이 있는 치즈가 될 수 있도록 무형이는 정성껏 또 정성껏 커드 덩어리를 들어 올렸다.

쉬는 시간, 아이들은 모두 늘어져서 긴 의자에 눕거나 테이블에 엎어져 헉헉대고 있었다. 하지만 무형이는 치즈 소리를 한 번 더 듣고 싶은 마음에 7번 방 근처를 기웃거렸다. 그때였다. 무형이가 청소한 8번 방에서 직원 두 명이 나왔다. 둘 다 심각한 표정이었다. 머리가 짧은 젊은 직원이 고개를 숙이며 안경을 낀 다른 직원에게 보고를 했다.

"죄송합니다, 과장님. 숙성실에 들어오기 전 대기 과정에서 문제가 있었던 것 같습니다. 더 조사해 보겠지만, 아무래도 감염이 되고 있는 것 같습니다. 오늘 내로 원인을 조사해 보고하겠습니다."

"아무래도 어려울 것 같지? 일단 사장님께 보고해야겠어. 그래도 오늘 밤까지 좀 더 지켜보자고. 내일 사장님을 모시고 와서 폐기할지를 최종 결정하기로 하세."

직원은 안타까워 어쩔 줄 몰라 했다.

"정말 이대로 폐기해야 하나요?"

"어쩔 수 없지. 어쩌겠나? 폐기하는 수밖에. 아무튼 오늘 밤까지 더 지켜보자고."

과장은 직원의 등을 몇 번 두드려 주더니 복도 끝으로 사라졌다. 직원은 고개를 젖혀 한숨을 몇 번이나 쉬고는 복도를 따라 사라졌다.

'무슨 일이야. 폐기한다고? 왜?'

무형이는 알 수가 없었다. 이때 7번 방 문이 열리더니 치즈를 뒤집는 기계를 운전하던 중년의 남자 직원이 밖으로 나왔다. 무형이는 그에게 다가가 물었다.

"저기요. 8번 방에 무슨 일이라도 있나요?"

"으응. 8번 방 치즈가 제대로 숙성이 안됐나 봐. 며칠 전부터 숨소리가 희미해지더니 이제는 들리지 않는데. 그래서 걱정들을 하는 거지."

"그럼 폐기한다는 건 무슨 뜻이에요? 치즈를 어떻게 하는 건가요?"

"치즈를 모두 쓰레기로 처리해 버린다는 거야."

"쓰레기로 버린다고요? 아니, 어떻게 치즈를 쓰레기로 버릴 수가 있나요? 숨소리가 들리는 애들인데……."

무형이는 더큐가 묻어 주고 있는 야생 동물들이 생각났다. 쓰레기로 버려지는 죽은 동물들…….

"음, 3년 전인가 4년 전인가, 7번 방에서도 한 번은 그런 적 있었어.

그때도 폐기 처분했었는데."

직원은 정확한 연도가 기억이 안 난다는 듯 고개를 갸웃거리다가 건물 밖으로 사라졌다.

'8번 방은 아까 내가 청소했던 방인데…….. 혹시 나 때문에 나빠졌으면 어쩌지?'

미리 알았으면 좀 더 신경을 썼을 텐데 왠지 청소를 소홀히 한 것 같아 무형이는 찜찜했다.

'차도에서 피를 흘리며 죽어 가는 야생 동물들이 결국 쓰레기봉투에 담기듯, 오늘 밤이 지나면 8번 방의 치즈들도 쓰레기봉투에 담겨 버려지겠구나.'

무형이는 로드 킬 무덤 앞에 섰을 때보다 마음이 무거웠다.

끝까지 보듬고 끌어안다 ☆

저녁을 먹자마자 지친 참가자들은 모두 기숙사 방으로 들어가서 큰 대(大) 자로 누워 버렸다.

"힘들어 죽겠어. 우리 8시까지 잠깐 자고 일어나서 회의하자."

누구랄 것도 없이 모두 찬성했다. 낮의 작업이 너무 고되었기 때문이다. 무형이도 누웠지만 잠이 오지 않았다. 자꾸 8번 방 치즈들이 생각났다.

8시에 알람이 울리자, 잠깐 눈을 붙이고 일어난 친구들은 과제 내용을 푸느라 고민하기 시작했다.

"자, 1번 답을 찾아보자. 수제 치즈를 이렇게 힘들게 만드는 이유가 뭘까?"

부선이의 질문에 수지는 "마앗"이라고 대답했다.

"야! 피곤하니까 장난치지 마."

부선이가 눈치를 주었다. 그러자 수지가 오히려 화를 냈다.

"넌 내가 진지하게 해도 꼭 장난으로 여기더라. 왜 이게 장난이냐? 너도 오늘 먹어 봤잖아. 얼마나 맛있냐? 이게 다 맛있으라고 그러는 거잖아. 치즈에 맛을 불어넣으려고."

더큐도 수지를 따라 했다.

"곰팡이이?"

학교 밖에서는 멀쩡하던 더큐까지 마치 학교에 있는 것처럼 굴자, 부선이가 짜증을 냈다.

"야, 피곤하다니까. 너희 둘은 꼭 이럴 때 장난을 치더라."

더큐는 혀를 날름거리며 말했다.

"네가 힘들어 보여서, 재미있게 해 주려고 그랬지."

하지만 무형이에겐 이런 친구들의 장난스런 실랑이도 귀에 들어오지 않았다. 결국 무형이는 지끈거리는 머리를 식히러 밖으로 나왔다.

'어떻게 하지?'

밤하늘의 별들이 초롱초롱 빛났다. 기숙사 방들은 대부분 불이 꺼져 있었다. 언덕 아래로 보이는 숙성실 건물도 조용하기만 했다. 무형이는 숙성실을 내려다보며 치즈들의 숨소리를 생각했다.

'8번 방의 치즈들만 숨을 쉬고 있지 않다니……'

밝은 가로등이 공장 정문에서 큰길까지 난 도로를 하얗게 밝히고 있었다.

'내일이면 저 길로 쓰레기차가 들어오겠지. 검은 비닐봉지에 담긴 치즈들은 큰길을 따라가 쓰레기 하치장에 버려질 테고, 휴우.'

무형이는 내일 벌어질 일을 받아들일 수 없었다. 무언가 해야 했다.

'지금 치즈들은 아픈 거야. 아니지, 살아나려고 싸우고 있는 거야. 그 걸 사람들이 몰라주는 것일지도 몰라.'

무형이는 아까 들었던 치즈들의 숨소리를 떠올리며 자신도 모르게 숙 성실을 향해 걸었다.

'그래 오늘 밤만이라도 함께 있어 주자. 치즈들 옆에 있어 주자.'

무형이는 건물 안으로 들어갔다. 현관 벽에는 치즈를 닦을 때 사용하 는 무명천들이 소독을 끝내고 깨끗하게 정돈되어 있었다. 무형이는 큰 바구니에 무명천을 하나 가득 담아 들고는 8번 방으로 향했다. 복도의 노란 불빛은 밝고 따뜻해 보였다.

그러나 8번 방 안에는 어두운 적막감만 가득했다. 평온함과는 다른 차가운 고요함이었다. 무형이는 눈을 감았다. 한참을 귀 기울여 들었지 만, 아무 소리도 들리지 않았다. 손끝이 떨릴 정도로 경이로웠던 신비한 소리를 이 방에서는 들을 수 없었다. 그저 싸늘한 고요만 가득할 뿐이었 다.

'이 바보들아. 그렇게 누워 있으면 죽어. 너희들은 숨을 쉬어야 한다 고.'

무형이는 바구니를 들고 반쯤 눈을 감은 채 천천히 치즈 선반 사이를 걷기 시작했다.

'이 중에 소리를 내는 아이가 하나는 있을지도 몰라.'

무형이는 치즈 덩어리를 손바닥으로 하나씩 두드리며 울림을 찾기 시 작했다. 발소리를 죽인 채 아주 천천히 걸으며 하나씩 두드렸다. 하지만 아무 소리도 들리지 않았다.

'이미 끝나 버린 걸까? 아니야. 그럴 리 없어. 분명히 며칠 전까지는 숨소리가 들렸다고 했어. 그렇다면 아직 가능성이 있을 거야.'

미세한 소리를 듣기 위해 무형이는 걸음을 멈추고 치즈에 귀를 가까이 댔다. 손으로 치즈를 두드리며 치즈의 반응을 살폈다. 그러자 아주 가끔씩 미세하고 불규칙적으로 희미한 소리가 들리는 듯했다. 무형이는 치즈에게 속삭였다.

"그래, 너희는 죽어 가는 게 아니야. 싸우고 있는 거야. 지금은 약해진 거야. 너희에게 침범한 병균과 싸우다가 다친 거라고. 이렇게 죽을 순 없어. 포기하지 마라. 얘들아."

무형이는 다른 치즈에 다가가 귀를 가까이 대고 두드렸다. 역시 아주 희미하게 소리가 느껴졌다. 절체절명의 숨소리처럼 끊어질 듯 미세한 소리가 들렸다. 늪에 빠져 허우적대다가 머리가 잠기고, 숨이 막히고, 손을 겨우 뻗어 물 밖에 있는 나뭇가지를 잡고 있는 그런 사람의 마지막 숨소리처럼 들렸다.

'치즈들은 죽지 않았어. 아직 싸우고 있어. 포기하지 않도록 도와주어야 해.'

무형이는 문 앞에 서서 방 안을 살피고는 목소리를 가다듬고 말했다.

"8번 방 치즈들아. 나는 무형이라고 해. 너희들이 내는 희미한 숨소리를 들었어. 정말 애쓰고 있구나. 많이 힘들지? 조금만 더 힘을 내자."

"힘들지"라는 말에 목이 메었다. 자신도 숨을 쉬고 싶지 않았던 때가 있었다는 사실이 떠올랐기 때문이다. 무형이는 목소리를 가다듬고 선반 위에 길게 누워 있는 노란빛의 치즈들을 하나하나 바라보며 말을 이어 갔다.

"사람들은 너희들을 포기하려고 해. 지금보다 더 힘을 내지 않으면 내일 너희를 버릴지도 몰라. 지금보다 더 힘을 내야 해. 오늘 밤만이라도 내가 너희와 같이 있을게. 너희들의 힘이 되어 줄게."

무형이는 통로를 따라 걸으며 선반마다 다가가서 치즈를 부드럽게 쓰다듬으며 말을 걸었다.

"오늘 밤 안에 기운을 내야 해. 물론 지금 애쓰고 있다는 걸 난 알아. 하지만 시간이 없어. 쉽지 않겠지. 힘들겠지. 괴로울 거야. 그렇지만 힘을 내자."

무형이는 바구니에서 무명천을 꺼내어 치즈를 닦기 시작했다. 힘을 돋우려고 북을 가볍게 두드리듯 치즈를 도닥여 주었다.

"내가 열 살 때였어. 아무도 없는 저녁때 빚쟁이들이 집으로 쳐들어오면 나는 골방에 숨었어. 아무도 없는 방에 혼자 있으면 너무 무서웠어. 힘들었어. 숨도 제대로 쉴 수 없었어."

무형이는 육중한 치즈 덩어리에 귀를 대고 말하기 시작했다.

"빚쟁이들에게 들켜서 부모님이 어딨냐고 몰아세울 때는 너무 창피하고 부끄러웠어. 갑자기 세상에서 사라지고 싶었어. 정말 무서웠어."

치즈를 도닥거리고 또 안아주며 무형이는 평생 처음으로 자기 마음속 어둠을 이야기했다.

"어떤 날 밤에는 아침이 되지 않으면 좋겠다고 생각한 적도 있었어."

무형이는 치즈들을 닦으며 말했다. 새 무명천으로 바꿔서 닦고 또 닦았다. 땀이 나면 밖에 나가서 손과 얼굴을 씻고 들어왔다. 가운을 벗고 몸을 말린 뒤 새 가운으로 갈아입었다. 치즈를 닦으면 닦을수록 몸은 힘들었지만 마음으로는 더 기운이 나는 것 같았다. 무형이는 치즈들을 보듬어 닦았다. 치즈를 닦으며 무형이는 자신의 상처도 닦아 내고 있었다.

"내가 너에게 해 줄 수 있는 것은 고작 너를 닦아 주고 내 심장 소리를 들려주고, 너를 흔들어 깨우는 일밖에 없어. 하지만 그게 너에게 힘이 되면 좋겠어."

치즈를 하나씩 닦고, 안아 주고, 말을 걸수록 무형이는 점점 지쳐 갔다. 몸에 땀이 나면 나쁜 박테리아가 옮겨갈까 봐 무형이는 그때마다 나가서 그리고 씻는 순간순간마다 치즈들이 살아나길 기원했다.

"너희는 잘못이 없어. 너희를 잘못 보관해서 나쁜 세균이 들어간 거래. 그렇다고 포기하면 안 되잖아. 너에게 힘이 되고 싶어. 힘들지만 숨을 쉬어 봐."

그 시간 다른 세 친구들은 과제를 해결하느라 고심하고 있었다.

"그런데 무형이는 자나?"

더큐가 방에 가 보니 무형이는 없었다. 그제야 셋은 무형이가 오랜 시간 자리를 비웠다는 사실을 깨달았다. 더큐가 무형이에게 전화를 걸었지만 신호음이 더큐 옆에서 울렸다.

"휴대 전화를 놓고 갔어. 어떻게 하지?"

"나가서 찾아보자."

셋은 기숙사 밖으로 나가 여기저기를 둘러봤지만 무형이는 보이지 않았다. 불안한 생각이 들어 기숙사 사감에게도 알렸다. 사감은 당직자에게 전화를 걸어 도움을 요청했다. 조금 뒤 당직자가 지금 모니터에서 학생을 찾았다는 연락이 왔다.

"남학생 하나가 숙성실에 있는데요. 청소를 하는 것처럼 보여요. 계속 감시 카메라로 관찰하는 중입니다."

사감은 당직자에게 숙성실 번호를 물은 뒤 전화기를 내려놓았다.

"남자애 하나가 숙성실 8번 방에 있다는데 아무래도 무형이 같아."

"8번 방이라고요? 아, 맞아요! 아까 거길 청소했어요."

사감의 말을 듣고 셋은 숙성실을 향해 달렸다.

"괜히 이러는 바람에 우리 또 감점당하는 거 아닐까?"

부선이는 뛰느라 숨을 몰아쉬면서도 평가를 걱정했다. 오늘만 여러 번 감점을 당했는데 무형이가 제멋대로 숙성실에 들어가는 바람에 그동안 벌어 놓은 점수마저 모두 잃게 될까 봐 걱정하고 있었다. 셋은 노란 불빛이 환하게 빛나는 숙성실 건물로 뛰어 내려갔다.

함께 힘을 모으다✦

무형이는 노래를 부르고 있었다. 지친 자신과 치즈를 위해 음정과 박자를 지키며 작은 소리로 노래를 불렀다. 한 소절 한 소절 부를 때마다 손은 선반의 치즈들을 향했다.

힘내 기죽지 말고 힘내 당당하게
힘내 기죽지 말고 힘내 당당하게

나를 둘러싼 모든 어려움 속에서도
나의 마음과 생각 앞에 당당하게
힘내 기죽지 말고 힘내 당당하게

한때 나도 너무 지치고 힘들어서
말없이 많은 눈물 흘렸지만
인생이란 바로 나를 망치는 모든 것과 부딪히는 거야

– 나무밴드, 「힘 내」

한 곡을 마치자 무형이는 문 옆에 놓인 치즈 수레에 치즈를 몇 개씩 옮겨 담았다. 그러고는 아기를 유모차에 태우듯 치즈를 태우고 통로를 한 바퀴씩 돌며 계속 노래를 불렀다. 엄마와 아이가 산책을 하듯 부드럽게 수레를 밀면서.

저 험한 세상에 남아
부딪치며 사는 동안
내가 너의 힘이 돼 줄게

두 눈을 감아 보렴
더 좋은 세상을 만들어 가 보렴
내가 너의 길이 돼 줄게

서럽고 지칠 때 힘이 되어 주리
언젠간 다가올 그날이
우리가 꿈꿔 왔던 날이
아직 남아 있기에

— 선희, 「힘겨워하는 사람들을 위한 아리아」

8번 방 앞에서 셋은 방 안의 무형이를 한참 동안 지켜보았다.
"안 되겠다. 우리도 수레 하나씩 가지고 들어가자."

더큐가 치즈 수레를 찾아와 부선이와 수지에게 내밀었다. 더큐의 신호에 따라 셋은 각자 수레를 밀고 안으로 들어갔다. 무형이의 노래를 함께 따라 부르며.

혹 감당치 못할 때
더 좋은 내일을 꿈꾸며 가 보렴
아직 아름답지 않은가

서럽고 지칠 때 힘이 되어 주리
언젠간 다가올 그날이
우리가 꿈꿔 왔던 날이
아직 남아 있기에

우린 아직 할 수 있어
너와 내가 할 수 있어
서로 손을 잡고서 부딪쳐 보자
내일의 우리를

— 선희, 「힘겨워하는 사람들을 위한 아리아」

무형이는 친구들의 갑작스러운 등장에 깜짝 놀랐지만 쑥스러워할 틈이 없었다. 더큐와 수지가 무형이를 따라 치즈를 수레에 태웠다. 그러고는 함께 산책하듯 가볍게 수레를 밀며 무형이를 따라갔다. 무형이가 시작한 노래는 어느새 아이들과 함께 부르는 노래가 되고 있었다. 넷은 신나는 노래부터 아름다운 노래까지 자신들이 아는 노래를 치즈들에게 들려주고 또 들려주었다. 그 노래는 숙성실의 치즈들을 위한 노래이자 자기 자신을 위한 노래였다. 그렇게 넷은 8번 방에서 치즈들과 함께 밤을 새웠다.

밤새 지켜보던 당직자는 8번 방 녹화 영상을 사장에게 전자 우편으로 보낸 뒤 문자를 남겼다.

사장님, 감시 카메라 녹화 영상 자료를 메일로 보내 드렸습니다. 확인 부탁 드립니다.

— 당직자 온종일

그렇게 밤을 새웠지만 넷은 예정대로 다음날 오전 업무를 소화해야 했다. 치즈 공방 전시관에서 홍보를 하는 업무였는데, 어제 부선이가 홍보 내용을 미리 외워 둔 덕분에 어려움 없이 홍보팀 앞에서 홍보 발표를 시연할 수 있었다.

"우유를 못 먹는 사람들이 많아요. 그중 한 사람이 우리 아빠지요. 아빠는 우유 속 유당을 소화시키지 못하는 '유당 분해 효소 결핍증'이 있거든요. 그런데 이런 우리 아빠도 수제 치즈는 먹을 수 있어요. 수제 치즈에는 유당이 없으니까요. 우유가 커드가 되면 그 속에 있던 유당은 수분에 용해되어 대부분 빠져나가요. 커드에 조금 남아 있어도 치즈로 숙성되면서 분해되기 때문에 결국 수제 치즈 안에는 유당이 없어요. 게다가 치즈는 같은 질량의 우유보다 단백질이 일곱 배, 칼슘이 다섯 배나 많아요. 치즈 1그램에는 1억 마리 이상의 유산균이 살고요……."

수지가 그다음을 이어서 발표했다.

"이 치즈는 모차렐라 치즈입니다. '모차레'는 이탈리아 어로 '자르다'라는 뜻인데요……."

또박또박 발표하는 부선이와 수지의 설명을 들으며 홍보 팀장은 매우 흡족한 표정으로 기록하고 있었다. 오늘따라 단체 관광객이 많이 와서 넷의 홍보는 호응도 많이 얻었다. 관광객들은 치즈 시식에도 적극적으로 참여해 주었다. 설명과 시식을 병행하느라 넷은 정신이 쏙 빠질 것 같았지만 매우 즐거웠다. 그런데 홍보관에 잔잔히 흐르던 음악이 갑자기 멈추더니 안내 방송이 흘러나왔다.

"맹무형 군과 소속 팀은 지금 하던 일을 정리하고 곧바로 숙성실 8번 방으로 와 주시기 바랍니다. 다시 알립니다……."

넷은 순간 불안해졌다. 혹시 어제 그 일로 무슨 일이 생긴 것은 아닐까 하는 생각이 스쳤다.

"무슨 일이지?"

"우리가 어제 숙성실 들어갔다고 벌점 주는 거 아냐?"

"야, 공부선!"

"아니, 난 혼날까 봐 그러지. 점수 깎이면 안 되는데……."

모두 불안했다. 무형이는 8번 방으로 달려가는 내내 치즈에 나쁜 일이 생겼을까 봐 심장이 벌렁거렸다.

8번 방에는 많은 사람들이 모여 있었다. 진심으로 오는 버스에서 모니터로만 보았던 고리혜 대표도 와 있었다. 대표 옆에는 정장 차림의 임원들과 점퍼 차림의 직원들이 모여 있었다. 네 사람이 도착하자 고리혜 대표는 불을 끄라는 신호를 보냈다.

"모두 조용히 해 주세요."

한참을 뛰어오느라 무형이는 숨이 가빴지만 숨소리를 참으며 불안한 마음으로 눈을 감았다. 자신의 숨찬 심장 소리가 쿵쾅쿵쾅 들렸다. 그러나 시간이 지나면서 숨소리가 잦아들자, 무형이의 눈시울이 뜨거워졌다. 모두 고개를 숙였다.

"여러분, 여기 이 친구들이 이곳을 지킨 지난밤 이후 8번 방에서 다시 숨소리가 약하게나마 들리기 시작했어요."

7번 방처럼 또렷하지는 않았지만, 나지막한 울림이 희미하게 들렸다.

"앞으로는 어제 같은 상황에서 포기하지 맙시다. 무형 군처럼 각별하게 보살피는 방법을 연구해 보기로 합시다. 무형 군이 우리에게 큰 깨우침을 주었어요."

그저 마음속으로 치즈들에게 고맙다는 말을 작은 소리로 되뇌느라 무형이는 어떤 말도 듣지 못했다. 진심 직원들이 자신에게 보내는 박수를 치즈를 향한 박수로 알고 함께 기뻐할 뿐이었다.

'고맙다, 치즈들아. 정말 포기하지 않았구나. 애썼다. 잊지 않을게.'

학생들은 진심에서의 모든 과제를 마치고 돌아오는 버스를 탔다. 버스 안은 한밤중이라 해도 믿을 만큼 고요했다. 버스 안으로 쏟아져 들어오는 햇살에도 아랑곳하지 않고 넷은 잠에 곯아떨어졌다.

부선이의 가방이 반쯤 열려 있었다. 어젯밤 다투며 답을 써 둔 과제 종이가 비죽 튀어나와 있었다.

전국 진로 탐색 대회 과제

이름: 맹우형, 오덕규, 함수지, 공부선

1 '진심'이 치즈를 기계로 편리하게 대량 생산하지 않고, 전통 방식으로 힘들게 만드는 이유는 무엇인가요?

"치즈에 (생명)을 불어넣기 위해서다."

2 구멍이 고르게 난 에멘탈러 치즈가 좋은 치즈로 평가받는 이유는 무엇인가요?

구멍은 효모균이 젖산을 먹어 이산화탄소를 배출했다는 것을 의미한다. 치즈를 자주 뒤집어 주면 젖산이 고르게 분해되기 때문에 구멍이 고르게 생긴다. 구멍이 한쪽으로 몰려 있다면 뒤집는 작업을 소홀히 했다는 뜻이고, 구멍이 없는 쪽에 젖산이 제대로 분해되지 않았다는 뜻이 된다. 즉, 구멍이 고르게 난 에멘탈러 치즈는 젖산이 고르게 분해됐다는 것을 보여 주기 때문에 좋은 치즈로 평가받는 것이다.

3 자신을 성숙시키는 데 필요한 것이 무엇인지 체험 활동을 통해 배운 것 세 가지를 적으시오.

1) R(Regard), 자신에게 관심 갖기: 대량 생산된 치즈가 대부분인 세상에서 수제 치즈를 만들듯 자기와 이야기하며 자기의 특성을 살려 꿈을 키워 가야 한다.

2) N(Navigation), 끝까지 찾아가기: 자신의 길을 찾기 위해 탐색하고, 끝까지 포기하지 않고 친구들과 함께 앞으로 나아가야 한다.

3) A(Acceptance), 자신과 미래에 희망을 갖기: 자신에게 무한한 기회를 주어야 한다. 치즈를 보듬듯 자신을 보듬으며 꿈을 이루어 가야 한다.

6장

자기의 길을 찾아가다

옷장에서 나오다♪

    어제는 무형이가 난생 처음 교내 방송에 나왔다. 교장 선생님은 전국 진로 탐색 대회 최우수상 상장을 수상자들보다 더 기쁜 얼굴로 전달했다. 그리고 학교 교문에는 수상자 넷의 이름이 큼지막하게 적힌 현수막이 걸렸다. 무형이는 교문을 지났다가도 괜히 무엇을 두고 온 사람처럼 되돌아와 현수막을 한 번 더 읽곤 했다. 가끔은 아예 일부러 교실에 신발주머니를 두고 왔다가 다시 찾으러 가며 또 읽기도 했다.

    그동안 진 샘과 약속했던 웅크리기는 계속하고 있다. 그러느라 무형이는 가방에 늘 책을 넣어 다닌다. 교과서도 빼놓고 다니던 무형이가. 초등학생용이긴 하지만 발명에 관한 그림책부터 만화책 들을 꼭 넣어 다닌다. 최근에는 밑이 평평한 종이 봉지를 만든 여자 발명가 매티 나이트 이야기를 다룬 그림책을 몇 번이고 읽고 있다. 봉지를 발명하는 정도라면 자기도 해 볼 만하다는 생각이 드는지 라면 봉지, 과자 봉지 등 봉지를 볼 때마다 매티 나이트를 떠올리곤 한다.

    보잘것없어 보이는 이쑤시개부터 컴퓨터까지 모두 익숙한 물건이지만 누군가 발명해 냈다고 생각하면 달리 보였다. 날마다 쓰고 있는 오글에도 발명에 관한 글을 종종 쓴다.

무형이가 오 분 글쓰기를 시작한 지도 꽤 오래 되었다. 글을 쓰면서 자신에게 관심을 가지려 애쓰고, 자신이 원하는 것이 무엇인지 조금씩 구체적으로 알아 가고 있다. 하루 오 분씩 투자한 '오글거림'이 자신을 철들게 하고 자기를 알려 주는 중요한 역할을 하고 있다는 것을 잘 알기 때문이다. 심심할 때면 그동안 썼던 오글을 읽으며 자신의 생각을 글에서 발견하곤 한다.

이렇게 발전하는 무형이의 진짜 변화를 위해 진 샘은 또 하나의 계획을 준비했다.

"어서 와, 무형아. 잘 지내고 있지?"

"예, 좋아요. 다 선생님 덕분이죠."

씨익 웃으며 진 샘은 서랍에서 기업 홍보 자료를 꺼내 무형이 앞에 놓았다. '히즈 카페'라는 회사명이 예쁘게 박힌 커피 빛깔 인쇄물이었다.

"여기 카페에서 봉사 활동을 해 보라고 가져왔어. 히즈 카페라는 곳인데 정신 장애인들이 바리스타로 일하는 사회적 기업이야."

"그래요? 좀 봐도 되죠?"

무형이는 홍보 자료를 읽다가 이해가 안 되는 부분을 찾았는지 고개를 갸웃거렸다.

"샘! 정신 장애인이 만든 커피라면 맛이 좀 이상하지 않을까요?"

"그렇게 생각하니? 난 맛있던데. 서비스도 좋고. 다리를 다친 장애인은 손으로 일할 수 있고, 귀가 들리지 않는 사람은 눈으로 보면서 일을 할 수 있잖아. 마음에 병이 있더라도 맛있는 커피를 만들 수는 있는데……. 그렇지 않을까?"

무형이가 민망한 표정을 지으며 머리를 긁적였다.

"그러네요. 저는 왜 그런 생각을 못 했을까요?"

"사회적으로 편견이 크니까 그랬을 거야. 너 탓은 아니지."

히즈 카페에서 정신 장애인을 대상으로 바리스타 교육을 하고 있는데, 교육생 중에서 혼자 집 밖에 나오지 못하는 사람이 있었다. 그 사람을 카페에 데려오고 교육이 끝나면 다시 집까지 데려다 주는 봉사자가 필요했다."

"그러니까 안내견 역할을 할 사람이 필요하단 이야기네요."

무형이는 자신이 안내견이 된 모습을 상상하며 말했다. 진 샘은 귀여운 강아지를 쓰다듬듯 무형이의 머리를 쓰다듬었다.

"치와와나 몰티즈는 안내견 역할을 할 수 없어. 너처럼 크고 멋진 강아지 정도는 되어야 할 수 있지. 어때 맹무형, 해 볼래?"

"좋아요, 샘!"

진 샘은 봉사를 통해 무형이가 배우면 좋을 것이 있다며 준비한 이야기를 시작했다.

"무형아, 너는 우리 학교가 우승할 수 있게 해 준 영웅이었다는 것을 잊지 말았으면 좋겠다."

갑작스런 칭찬에 무형이는 어색한 표정을 지었다.

"아니에요. 순전히 운이었어요. 정말 운이 좋았던 거예요."

"그동안 대회는 물론 나와의 약속도 잘 지켜 주었어. 참 기특해."

진 샘은 무형이의 등을 도닥였다.

"이제 네 앞에 마지막 산 하나가 남아 있는데, 그걸 이번 봉사를 통해 넘어 주면 좋겠어."

"마지막 산이요?"

"그래. 무형이가 무형이답게 살아가기 위해 반드시 넘어가야 할 산."

"그게 뭐죠?"

무형이가 계속 물었지만 무형이가 스스로 산을 찾아 넘어 주기를 바라는 마음에 진 샘은 끝내 말해 주지 않았다.

무형이는 자기가 넘어야 할 마지막 산을 떠올리며 주말에 히즈 카페를 찾았다.

히즈 카페는 시내 중심, 사거리에 있는 문화 센터 안에 있었는데 제법 규모가 컸다. 그럼에도 많은 사람들로 가득 차 북적거렸다. 카운터 옆에는 큰 유리벽으로 둘러싸인 동호회 방이 있었는데 방금 바리스타 교육이 끝났는지 그곳에서 사람들이 나오고 있었다. 카페 매니저는 무형이를 반기며, 교육을 마치고 나오는 길두근 씨를 소개했다.

"무형 군, 이 분이 무형 군의 도움을 받게 될 길두근 씨예요."

"바, 방가워요, 기일 두거은이에요."

마흔 살쯤 되어 보이는 노총각 아저씨였다. 무형이가 들었던 대로 오랫동안 집에만 있다가 바리스타 교육을 받기 위해 처음으로 세상으로 나왔다고 했다. 무형이는 카페 매니저로부터 길두근 씨에 관해 몇 가지 이야기를 들었다.

"길두근 씨는 자살 충동이 너무 심해서 십 대의 대부분을 정신 병원에서 보냈어요. 그리고 약물 치료를 받으며 이십 년을 더 집에 있었어요. 지금은 많이 좋아져서 가족과 외출을 할 수 있어요. 그래도 혼자 집 밖에 나가면 검은 옷을 입은 사람이 쫓아와 자기를 붙들어 가려고 해서 다닐 수가 없다고 해요."

카페 매니저는 두근 씨가 지역 신문에서 바리스타 모집 광고를 보고 신청하기 전까지 어떻게 살아왔는지를 간단히 설명해 주었다.

이때 두근 씨가 김이 펄펄 나는 코코아 한 잔을 들고 무형이가 앉은 테이블로 왔다. 코코아 위에 우유 거품으로 만든 하트가 그려져 있었다.

"드으, 드셔 보오세요. 만, 맛있을 거예요."

무형이는 잔을 들고 후후 불면서 일부러 후루룩 크게 소리를 내며 마셨다. 두근 씨의 궁금해하는 눈빛을 외면할 수 없어 뜨거운 코코아를 들이켜야 했다.

"우아, 진짜 맛있네요. 맛도 맛이지만 너무 예뻐요."

두근 씨는 환하게 웃었다. 그렇지 않아도 하트를 잘 만든다는 칭찬을 많이 받았다며 어린아이처럼 좋아했다. 뜨거운 코코아를 모두 마시느라 입천장까지 얼얼해진 무형이는 두근 씨와 함께 카페를 나섰다.

두근 씨의 집으로 가는 내내 무형이는 자꾸 자신에게 존댓말을 쓰는 두근 씨가 부담스러웠다.

"그냥 무형이라고 불러 주세요. 그럼 저도 형이라고 할게요."

두근 씨는 정말 그렇게 불러 줄 거냐며 뛸 듯이 좋아했다.

"그럼요, 당연하죠. 형이라고 불러도 될지 망설이고 있었는데 좋다고 하시니 형이라고 부를게요. 대신에 저한테 말할 때는 말끝에 '요'를 빼 주세요."

"그으래. 근데 너어는 형이라고 부르면서 왜 '요'를 붙이는 건데에?"

"그래도 나이 차이가 있는데, 말을 놓을 수는 없죠."

두근 씨는 몹시 아쉽다는 표정을 지었다.

'그래, 이왕 봉사하는 거, 형 기분 좋게 제대로 하자.'

무형이는 생각을 바꾸어 명랑한 듯 목소리를 끌어 올려 말했다.

"형, 그럼 말 놓는다. 나 욕하지 않기."

두근 씨는 입이 함지박만 해졌다.

"히히, 그럼. 욕으은. 너무 좋지이."

두근 씨는 태어나서 처음으로 자신을 형이라고 불러 주는 사람이 생겼다며 좋아했다. 그렇게 둘은 형과 동생이 되었다. 그후 두 달 동안 무형이가 두근 형과 함께 집을 오갔다.

그리고 바리스타 시험을 앞둔 날, 무형이의 마지막 수업 시간에 문자가 날아왔다.

두근 씨가 사라졌어요.

"형이 사라질 이유가 없는데, 이번 주가 바리스타 시험이라며 진짜 열심히 공부했는데…….'

이상한 낌새는 전혀 없었다. 시험에 합격해서 정식 바리스타가 되면 출퇴근도 혼자 해 볼 거라고 했던 두근 씨였다. 그러던 그가 갑자기 사라진 것이다.

카페에 전화를 걸었더니 지금 경찰서에 신고해서 가족과 경찰 들이 동네를 뒤지고 난리가 났다고 했다. 무형이는 수업이 끝나기가 무섭게 두근 씨네 집으로 달려갔다. 가는 동안 버스 안에서 카페 사람들과 문자 메시지를 주고받으며 알아보았지만 어느 누구도 두근 씨의 행방을 아는 사람이 없다고 했다.

'두근이 형이 어디 가 본 데가 있어야 짐작이라도 하지.'

무형이는 그동안 두근 씨와 나눈 대화를 하나하나 짚어 보며 갈 만한 곳을 찾았다.

'맞다. 공항에 가고 싶다고 말한 적 있어. 진짜 비행기를 본 적이 없다고. 나중에 돈을 벌면 비행기를 꼭 타 볼 거라고도 했고……. 그렇지만 혼자서 공항에 갔다고? 그건 무리야. 그래, 시험 때문이야. 이번 주말에 볼 필기시험 때문일 거야.'

시험 공포증은 누구보다 무형이가 잘 알았다. 공부는 안 해도 스트레스는 스트레스니까. 마흔 살이 되어서 시험을 보는 것이 두근 씨에게는 큰 부담이었을 것이다. 게다가 이 시험에 붙어야만 실기 시험을 볼 수 있고 바리스타도 될 수 있으니까 스트레스가 남달랐을 것이다.

"으, 바보. 그깟 시험이 뭐라고······."

중얼거리던 무형이는 문득 자기 처지가 생각나 혼자 얼굴을 붉혔다.

'시험이 뭐라고? 그러는 나는······.'

자기가 말해 놓고도 웃음이 났다.

'맞아, 시험은 누구에게나 어려운 거야······.'

두근 씨 집에 도착하니 두근 씨 어머니는 전화기 옆에 앉아 어쩔 줄 몰라 하며 넋이 나간 채 울고 있었다.

"괜찮을 거예요. 형은 아무 일 없을 거예요."

하지만 무형이의 말은 전혀 위로가 되지 않는 듯했다. 할 수 없이 무형이는 두근 씨가 갈 만한 곳을 알 수 있는 단서를 찾아보겠다며 자리에서 일어나 두근 씨 방으로 건너갔다. 공책이며 책이며 일일이 꺼내 흔들어 보고 뒤져 보았지만 특별한 것은 발견할 수 없었다.

그때였다. 옷장 안에서 부스럭대는 소리가 들렸다.

'뭐지?'

옷장 안에서 다시 뒤척이는 소리가 들렸다.

"누구야?"

무형이는 옷장 문을 확 열어젖혔다. 사람이었다. 두 손으로 무릎을 감싼 채 웅크리고 있는 사람은 두근 씨였다. 얼굴은 땀으로 범벅이 되어

번들거렸고, 좁은 공간에 오래 숨어 있느라 몸이 굳어 쥐가 나고 저린지 몸을 뒤척거리고 있었다.

"형?"

"어……, 어……, 어……."

"얼른 나와, 형. 힘들잖아."

"으응……, 힘드을어어."

두근 씨는 몸을 너무 오래 웅크리고 있었던 터라 몸을 쉽게 펼 수 없었다. 무형이가 부축해 주니 겨우 몸을 움직여 옷장에서 나올 수 있었는데 온몸이 석고상처럼 굳어 있었다.

"아니 이게 뭐야? 숨바꼭질도 아니고."

무형이는 잔소리를 하며 두근 씨의 굳어 있는 다리와 몸을 주무르기 시작했다.

"아이야아, 아파. 다리는 주무르지 마, 나 오줌 나오려고 해."

두근 씨는 엉금엉금 기어 화장실로 들어가더니 한참동안 나오지 못했다.

"두근이 형 찾았어요. 옷장 안에 있었어요."

무형이가 거실을 향해 외쳤다.

그러자 두근 씨 어머니는 방으로 뛰어 들어와 두근 씨가 들어간 화장실 문을 열어젖혔다.

"이놈아, 너 어떻게 된 줄 알고 엄마가 얼마나 걱정했는지 알아?"

"엄마, 미안해요. 그런데…… 냄새날 텐데요."

"이놈아, 냄새가 문제야? 네가 어떻게 된 줄 알았잖아."

잠시 후 두근 씨를 찾으러 나갔던 사람들이 모였다가 흩어졌다. 경찰은 두근 씨를 잘 챙기라는 당부를 하고 떠났다.

자기 때문에 벌어진 소동에 두근 씨는 방안에서 안절부절 못하고 있었다.

"형, 나랑 같이 인천 공항 가자."

그러자 두근 씨는 눈을 반짝거리며 좋아하는 표정을 지었지만 차마 갈 엄두를 내지 못했다.

"얼른 가자니까. 비행기가 하늘을 나는 모습을 한번도 못 봤다며……."

무형이는 머뭇거리는 두근 씨를 끌고 밖으로 나왔다.

무형이는 두근 씨와 공항 2층에 있는 카페에 앉아서 아래를 내려다보았다. 출국 심사를 받으려고 줄을 선 사람들이 보였다. 언제쯤 저 자리에 설 수 있을까, 어느 나라에 가 보고 싶냐는 이야기를 한참 나눈 후였다.

"형, 시험이 그렇게 무서워?"

"응, 너무 무서워. 주말이 안 왔으면 좋겠어. 『나니아 연대기』에서는 옷장에 들어가면 다른 세상으로 갈 수 있잖아. 나도 그렇게 빠져나가고 싶었어."

마흔 살이나 된 아저씨가 동화책 내용을 떠올리며 옷장 안에 숨어들다니 무형이는 피식 웃음이 났다.

"무형아, 너는 시험이 안 무섭니?"

'허걱.'

두근 씨의 돌발 질문에 무형이는 당황했다.

"무섭긴. 난 시험 볼 때가 좋아. 일찍 끝나니까."

거짓말이었다. 사실 무형이는 시험 기간이 싫었다. 일찍 집에 오면 몸은 편했지만 마음은 불편했다. 몸은 뒹굴거렸지만 마음은 들들 볶였다.

시험지에 '이질적'인 답을 고르라는 문제가 나오면, 뭐가 이질적이라는 건지, 이질적이라는 말이 대체 무슨 뜻인지도 몰랐다. 그렇지만 창피해서 누구에게 물어볼 수도 없었다. 그래서 이러지도 저러지도 못하다 공부를 포기한 지 꽤 오래됐다. 이제는 시험지를 보면 그냥 습관적으로 찍고 엎드려 잠들지만 마음은 항상 불편했었다.

"무형아, 너도 무서운가 본데? 거짓말하는 걸 보면. 어디 어른 앞에서……. 킥킥."

"어른? 그래 옷장에 들어가는 어른……. 그래도 형보단 내가 낫지 않냐? 솔직히, 헤헤."

"형, 그런데 어떻게 집 밖으로 나올 용기를 갖게 된 거야?"

"작년에 우연히 장애라는 단어를 사전에서 찾다가……."

"그래? 뭐라고 써 있었는데?"

두근 씨는 그때를 회상하며 크게 숨을 들이켰다.

"장애는 '본래의 자기 기능을 제대로 하지 못하는 것'이라고 써 있었어. 그걸 읽고 생각했어. 나는 뛸 수도 있고 무거운 것을 들 수도 있는데 왜 그런 기능을 하나도 사용하지 않고 있는지……. 바보스럽게 나를 스스로 가두었다는 걸 깨달았어."

"그랬구나."

그때 삼십 대 초반으로 보이는 정장 차림의 금발 여성이 휠체어를 타고 출국 수속을 하는 모습이 보였다. 옆에는 사업 파트너로 보이는 사람들이 그녀의 짐을 대신 들어 올려 주고 있었다.

"무형아, 저 여자 분이 장애인이라고 느껴지니?"

"아니. 전혀."

"그렇지 저분은 장애인이 아니지."

출국 수속을 마치자 그녀는 사람들과 포옹한 뒤 출국장 안으로 들어가고 있었다.

"나도 저렇게 살 거야. 그동안 잊고 있었어……. 다시 해야겠어……."

두근 씨는 그녀가 들어간 출국장을 응시하며 마음을 다지고 있었다. 공항 밖에서는 어느새 아름다운 조명이 어둠을 밝히고 있었다.

그때 두근 씨의 배에서 꼬르륵 소리가 났다.

"하하. 형 나도 너무 배고프다. 우리 뭐 좀 먹자."

"그럴까? 뭐 먹지?"

둘은 카페에서 나와 지하에 있는 푸드 코트로 내려가는 에스컬레이터를 탔다.

"형, 우리는 언제쯤 여기에서 저렇게 줄을 설 수 있을까?"

"어느 나라 가고 싶은데?"

"나는……, 여기에서 제일 먼 나라. 비행기를 오래 타고 싶어. 헤헤……."

무형이와 두근 씨는 너무 배고팠던 탓에 주문한 음식을 순식간에 다 먹어 치웠다.

"휴우, 살 것 같다. 난 사실 점심도 못 먹었잖아."

두근 씨가 볼록 나온 배를 쓰다듬으며 말했다.

무형이는 두근 씨 집에서 가져 온 바리스타 수험서를 가방에서 꺼냈다. 책 표지는 물론 안쪽까지 너덜너덜해져 있었다.

"얼마나 봤으면 책이 이렇게 될까? 형! 공부 정말 열심히 했네. 도대체 얼마나 하면 이렇게 되는 거야?"

무형이의 말에 두근 씨는 고개를 갸웃하며 대답했다.

"열 번 이상 외웠을 걸?"

"열 번이라고? 이런 책을 열 번씩이나 외웠다고?"

무형이는 두근 씨의 말을 이해할 수가 없었다.

"책을 산 다음 처음 펼쳤는데, 여기 적힌 말이 무슨 뜻인지, 어떻게 하라는 건지 당최 알 수가 없더라. 그래서 그냥 무턱대고 외웠어. 외우고 잊어 먹고 또 외우고 잊어 먹었지만, 그래도 계속 외웠어. 그렇게 네 번쯤 외우니까 책 내용이 저절로 이해되더라. 그리고……."

"모르는 내용인데 외울 수 있다고?"

"그럼, 모르니까 외우지…….알면 외울 필요도 없잖아."

"그래? 그럼……. 커피의 원산지인 에티오피아 원주민의 커피 기도문을 외워 봐."

무형이가 책 하나를 골라 아무 데나 펼치고는 외쳤다.

커피 주전자는 우리에게 평화를 주고

커피 주전자는 아이들을 자라게 하며

우리를 부자가 되게 하나이다

부디 우리를 악에서 보호하여 주시옵고

우리에게 비와 풀을 내려 주시옵소서

— 스튜어트 리 앨런, 이창신 역, 『커피 견문록』 중에서

"그럼 이번에는 분위기에 맞는 커피에는 어떤 것이 있는지 말해 봐."

두근 씨는 막힘없이 외워 보였다.

우울할 때 마시는 바닐라 라테, 비가 올 때 마시는 깔루아 커피,
햇볕이 쨍쨍 내리는 더운 여름날엔 샤케라토, 사랑하는 이들에
게 블랙 앤 화이트, 커피를 처음 만나는 이는 카페 모카, 커피에
관심을 보이는 이는 컴페티션 세트, 휴식이 필요한 이는 사이폰
커피, 눈 내리는 추운 겨울에는 아이리쉬 커피……

— 안재혁 · 유연주, 『커피 수업』 중에서

줄줄 외워 대는 두근 씨를 보고 있자니 무형이는 이렇게까지 공부해
놓고 왜 숨었는지 이해할 수가 없었다.

"이렇게 두꺼운 책도 줄줄 외우면서 왜 시험을 겁내는 거야?"

"시험장에 들어가면 왠지 아무것도 기억이 나지 않을 것 같아서. 그리

고 나한테는 나쁜 결과가 기다리고 있을 것 같기도 하고. 시험지에 이름을 잘못 쓸 것도 같고, 시험을 보다가 쓰러질 것도 같아서……. 정말이야."

두근 씨는 정말 시험을 무서워하고 있었다. 그래서 무형이는 되지도 않는 말들을 모두 모아 충고랍시고 마구 늘어놓았다. 시험은 공부한 만큼 점수가 나오니까 형이 한 노력을 믿는 게 중요하다느니, 최선을 다해 준비했는데 나쁜 결과가 나온 사람을 본 적이 없다느니, 시험에 대해서는 내가 잘 아는데 시험은 정직한 거라느니……. 마치 시험의 달인처럼 이런저런 이야기를 쏟아 놓았다. 두근 씨는 무형이가 쏟아 놓는 이야기를 귀담아 듣는 듯 했다. 무형이는 자기도 시험에 대해 한 자락 알고 있는 사람이 된 양 기분이 좋아졌다. 두근 씨가 이런 말을 하기 전까지는.

"근데, 무형아. 나…… 니 성적 알아."

"헉!"

이번엔 내 차례야!

    이번에는 무형이가 시험을 치렀다. 전교 꼴찌는 탈출했지만 그래도 하위권이었다. 시험이 끝나면 저녁을 사 주겠다는 두근 씨를 만나러 무형이는 히즈 카페로 갔다.

    '뭘 사 달라고 하지? 배고픈데……'

    기다리는 무형이에게 활짝 웃는 얼굴로 두근 씨가 달려 나왔다. 자리에 앉자마자 들뜬 목소리로 말했다.

    "무형아. 나 새로 시작하는 바리스타 교육에서 강의를 맡기로 했다."

    "정말? 형, 축하해. 형은 정말 대단하다. 그런데 강의 전날에는 어디에 숨을 건데? 헤헤."

    "야. 안 숨을 거야. 하하."

    두근 씨는 행복하게 웃었다.

    "형 나도 이번 시험에서 국어 점수가 10점 넘게 올랐다. 대단하지 않아?"

    그랬다. 10점이 올라도 국어 점수가 중하위권이었지만 무형이는 한 과목이라도 꼴찌를 벗어나 본 적이 없었다. 그러니 무형이에게는 대단한 일이 아닐 수 없다. 이건 틀림없이 진선구 샘과 같이 한 웅크리기 효과였던 것 같다. 만화책이든 그림책이든 뭐든 읽게 되면서 소설 같은 긴 이야기를 익숙하게 읽을 수 있게 된 것이다.

"시험 때 다른 과목은 교과서를 읽어 보려고 해도 무슨 말인지 모르니까 도저히 읽을 수도 없었거든. 그런데 국어책은 어느 정도 읽히더라구. 그래서 이번에는 이거다 싶어서 몇 번을 읽고, 모르는 단어는 자습서에서 찾아가면서 봤어. 그랬더니 10점 넘게 팍 오르더라고. 후훗. 그래서 다음에는 국어에 더 관심을 갖고 해 보려고."

"그래, 무형아. 정말 잘했네."

"그렇지? 이렇게 하면 되는 거지. 형 다시는 나 무시하지마. 공항에서 처럼."

그렇게 둘은 서로가 가진 본래 자기가 가진 기능을 되찾아가려는 노력을 하고 있었다. 서로 격려하고 칭찬하며 둘은 오랜만에 행복한 저녁을 먹었다.

그렇게 저녁을 먹은 뒤 한참동안 전화만 할 뿐 만나지는 못했다. 두근 씨가 몹시 바빴기 때문이었다. 학기가 끝나 갈 무렵에 무형이는 두근 씨로부터 메일을 받았다.

"우아, 드디어 해냈구나. 두근 형, 드디어 붙었어!"

메일에는 '평등 사이버 대학교 사회복지학과' 합격증이 첨부되어 있었다. '길두근'이란 이름이 적힌 합격증이었다.

그동안 전화로 두근 씨는 바리스타 강사를 하면서 만난 장애인들 이야기를 했었다. 자기처럼 장애를 가진 사람들, 장애로 자기를 집에 가두고 있는 사람들을 돕고 싶다는 말을 여러 번 했다. 그래서 그들을 도울 수 있는 일을 찾아보겠다고 한 지 몇 달 만에 두근 씨가 자기 진로를 바꾸었다. 바리스타에서 사회 복지사로.

'정말 형은 대단하다. 마흔 살이 넘어 다시 시작하다니······.'

그날 무형이는 두근 씨의 메일을 보며 진 샘이 말했던 마지막 산을 찾을 수 있었다. 얼른 오글 노트를 찾아 마음속에 떠오른 말을 적었다.

나는 두근이 형을 통해 내가 넘어야 할 마지막 산을 보았다. 형은 집에서 나오겠다는 꿈을 이루더니 또 사람을 돕는 꿈을 갖게 되었다. 꿈은 또 다른 꿈을 꾸게 하나 보다. 두근이 형은 힘들게 산을 넘고는 또 다른 산을 넘어가기로 결심을 했다. 나도 내가 할 수 있는 일을 해야겠다. 그리고 그 일을 하면서 새로운 꿈이 보이면 형처럼 또 도전해야겠다.

무형이는 두근 씨에게 전화를 걸었다.

"형, 축하해. 형 정말 멋지다."

"너도 국어 점수 많이 올랐다면서? 너도 축하해. 그런데 축하 파티할 건데, 올 거니?"

"당연히 가야지. 친구들 데려가도 돼? 꼭 갈게. 오케이. 그럼 그때 봐."

전화를 끊으며 무형이는 두근 씨의 흥분한 목소리가 남아 있는 수화기를 보았다.

'그래, 이번엔 내 차례야! 내 차례!'

또 하나의 산 앞에 서다

전국 진로 탐색 대회 우승으로 넷은 상금보다 더 값진 것을 얻었다. 인터뷰를 통해 만난 회사 대표들이 자기 회사에서 방학마다 인턴을 할 수 있도록 자리를 마련해 준 것이다.

덕분에 수지는 하모니에서 관리하는 셰어 하우스들을 모니터링하는 업무를 맡았다. 각 셰어 하우스의 장점과 단점을 모두 사진으로 찍고, 그림으로 그려 자세하게 기록해서 보고하는 일이었다. 그 일을 맡은 수지는 집을 조사하는 것뿐만 아니라 입주자들도 인터뷰하고 있다. 집에 사는 사람들의 생각도 중요하다고 여겼기 때문이었다. '디저트를 좋아하는 사람들이 사는 집'에서는 입주자들과 함께 디저트를 만들며 대화를 나누었고, '여행을 꿈꾸는 집'에 다녀와서는 입주자들이 여행 중에 찍은 사진을 대형 걸개 그림으로 인화해서 벽에 걸어 주면 좋겠다는 의견을 하모니에 보내기도 했다. 지금은 '책을 좋아하는 사람들이 모여 사는 집'을 모니터링하는 중인데, 책장을 구석구석 잘 설치하면 더 멋진 인테리어 효과를 낼 수 있을 것 같아 고민하고 있는 중이었다. 하지만 제대로 하려니 혼자 하기에는 여간 버겁고 어려운 일이 아니었다.

이런 수지를 보고 부선이가 더큐에게 전화를 했다.

"더큐야. 너 요즘 바쁘지."

"글치, 엄청 바쁘지……."

맞다. 더큐는 요즘 유명인이 다 되었다. 건강한 지구 여사장님이 소개해 준 안내견 센터에서 봉사 활동을 하며 블로그에 올린 글과 야생 동물 로드 킬에 대한 자료들이 네티즌들 사이에서 폭발적인 관심을 끄는 바람에 우수 블로그로 선정되었다. 또 신문사와 인터뷰도 해서 엄청 바쁜 시간을 보내고 있었다.

"더큐야. 수지가 요즘 고생이 심하거든. 무형이가 도와주면 좋겠는데 니가 힘을 한번 써 봐라."

"그럴까? 좋아, 그럼 우리 한번 뭉치자."

그렇게 해서 넷은 여름 방학에 아이스크림 가게에서 오랜만에 뭉쳤다.

"야, 먹을 때 입 좀 다물고 먹어라."

"너무 차가우니까 그렇지."

부선이가 더큐를 몰아세웠다.

"차가운 거니까 조금씩 먹어야. 지금 밥 먹냐."

부선이는 지저분하게 먹는 더큐를 계속 구박했다.

"부선아, 요즘 어떻게 지내니?"

모인 이유를 모르는 무형이는 뻘쭘한 표정으로 부선이에게 물었다.

"난 요즘 학원 다녀. 그동안 밀린 진도 때문에 죽을 것 같아. 그리고 수요일마다 이심방 병원에 가서 입원한 아기들을 돌보잖니, 바쁘다."

부선이는 의대를 가려고 밤을 새며 공부를 하면서도, 병원 봉사도 매주 다니고 있었다. 병원 봉사를 하면서 부선이는 많이 괴로워하고 있었다. 갓 태어난 아기들과 두세 살의 유아들이 심장에 문제가 있어 수술을 받아야 하는데 너무 어리고, 또 너무 가난해서 어려움을 겪는 모습을 같이 보고 있자니 여간 고통스러운 일이 아니었다.

그런 부선이를 수지가 놀렸다.

"얘 이제는 애기 엄마처럼 애기들을 잘 본다."

사실 부선이는 병원에 다녀오는 날이면 밤에 훌쩍이며 수지에게 전화를 걸었다. 불쌍한 환자에 대한 안타까움과 돈 잘 버는 의사로 성공하고 싶은 마음속의 갈등 때문이었다.

부선이는 얼른 화제를 수지에게로 돌렸다.

"야. 니 이야기부터 해 봐. 너 요즘 무섭다며, 혼자 다니기……."

수지는 우물쭈물하며 도와달라는 말을 했다.

"으응. 사실 독신자들의 셰어 하우스를 다니려니까 조금 무섭고, 또 힘든 일이 있는데 누가 같이 다니면 좋겠어서……. 니들 중에서 한 명만 나 좀 도와주라."

이미 짜인 각본대로 더큐가 움직였다.

"그래? 그럼 무형아 니가 좀 도와라. 난 요즘 바쁘잖니. 그리고 할아버지네도 가야 하고……."

더큐는 말하다 말고 얼른 입에 물고 있던 숟가락을 아이스크림 통에 깊숙이 박아 넣었다.

"야! 더럽게. 너 침 묻은 숟가락을 그렇게 깊이 찔러 넣으면 어떻게 해."

부선이는 더큐의 등을 때리며 소란을 피웠다. 예전과 달리 둘의 호흡이 척척 맞았다.

"그래, 그럼 내가 같이 갈게."

무형이가 승낙하자 수지는 볼이 빨개지며 좋아했다.

"야, 더럽게 좀 먹지마. 에이, 이리 내놔."

부선이는 더큐의 숟가락을 뺏어 들었다.

"근데, 진 샘이 수영장 같이 가자고 하시는데 너희도 갈 거니?"

수지가 고개를 끄덕이며 말했다.

"응, 나도 간다고 했어. 이번에는 선희라는 딸도 데려온다며."

더큐는 되찾은 숟가락으로 아이스크림을 퍼먹다가 전기에 감전된 것마냥 숟가락질을 멈췄다.

"으응? 누구?"

"진 샘의 딸 선희. 우리랑 동갑이라던데?"

더큐는 먹던 아이스크림이 목에 걸렸는지 켁켁거렸다. 이럴 때는 부드러운 아이스크림도 목에 걸리나 보다.

"켁켁, 난 못 가. 난 그날 너무 바빠."

수지는 의아해했다.

"야. 아직 날짜도 안 정했는데. 진 샘이 우리보고 날짜를 정하라고 하셨어."

무형이는 언제든 괜찮다고 했지만 더큐는 손사래를 치며 안 된다고 했다.

"켁켁, 아무튼 난 안 되엑……."

더큐의 입안에 있던 아이스크림이 뿜어져 나와 더큐 옷과 부선이의 옷 곳곳에 튀었다.

"야, 뭐야……. 더럽게……."

"허, 미안."

부선이와 더큐가 황급히 화장실로 뛰어 들어갔다. 둘이 사라지자 테이블은 조용해졌다.

이참에 무형이는 수지에게 오래전부터 물어보고 싶었던 질문을 했다.

"근데 수지야. 너희 아빠는 토요일에도 양복을 입으시니?"

"응, 외항선원이신데 집에 오면 항상 양복을 입으셔. 꼭 푸른빛 넥타이에……. 왜?"

수지는 눈을 동그랗게 뜨고 아빠에 대해 묻는 무형이를 바라봤다.

"으응……. 아니……."

푸른 넥타이란 말에 가슴이 저린 듯 무형이는 더듬거리며 다시 물었다.

"그런데 혹시 너희 아빠 키가 크시니?"

"응……. 무척. 근데 넌 우리 아빠가 그런 거 어떻게 알아?"

무형이는 웃기만 할 뿐 대답하지 못했다. 그때 부선이와 더큐가 다시 돌아와 소란을 떨기 시작했다.

요즘 무형이는 수지와 셰어 하우스 모니터링이 끝나면 바로 수제 자전거 공방으로 달려간다. 공방 대표가 용접을 가르쳐 주기로 했기 때문이다. 용접을 배우느라 벌써 옷을 여러 벌 뚫어 먹었고, 손에 화상도 두 차례나 입었다. 하지만 쇠를 자기 마음대로 자르고 붙일 수 있게 된다는 기대감에 아픈 줄도 모르고 배우고 있다.

무형이가 용접을 배우며 처음 맡게 된 작업이 수레였다. 텃밭에서 기른 채소를 금요일마다 시장에 내다 팔아 생활비를 마련하는 할아버지가 맡긴 망가진 수레였다. 얼굴이 다 익도록 열심히 고치고 또 고쳤다. 그러다가 공방에서 쓰지 않는 자전거를 보면서 문득 할아버지 수레에 자전거를 달면 좋겠다는 생각을 했다. 멀리 시장까지 가려면 힘든데, 채소도 더 많이 실을 수 있고 힘도 덜 들 테니까 할아버지에게 도움이 될 것 같았다.

"세 바퀴의 자전거 수레라면 안전하지 않을까요?"

무형이의 아이디어에 대표도 재미있는 작업이 될 거라며 칭찬했다. 할아버지도 젊었을 때 자전거를 타고 다녔다고 하셨으니 자전거와 자전거 탈 사람, 그리고 수레까지 조건이 다 갖춰진 셈이었다. 무형이는 어설프게나마 자신의 첫 번째 작품이 될 자전거 수레를 연습장에 구체적으로 그려 갔다.

"이런 그림으로는 만들 수 없을 거예요. 정확한 수치를 적어 넣어야 해요."

무형이의 그림을 본 대표는 그것을 복잡한 설계도로 다시 바꿔 그려

주었다.

"정확한 계산이 필요해요. 안전하고 튼튼한 자전거 수레가 되려면……."

대표는 설계도에 정확한 치수를 적어 넣으라고 했다.

"이번 작업이 끝나면 설계도 그리는 법도 가르쳐야겠네요. 그리고 설계도의 치수 계산을 정확하게 하려면 무형 군이 수학을 좀 알면 좋은데……."

무형이가 멈칫거렸다.

"저 수학 하나도 모르는데요. 대표님."

무형이는 겸연쩍은 표정으로 대답했다.

"그래요. 어차피 어려운 수학은 필요 없고, 계산하는 데 필요한 것만 알면 되니까. 으음, 내가 가르쳐 주지요. 뭐. 나도 수학을 잘 못하지만 필요한 부분만 배우면 되니까 내가 간단하게 가르쳐 줄게요."

무형이는 너무 당황스러웠다. 무형이는 졸지에 자전거 공방에서 수학까지 배우게 생겼다.

'헐, 수학을……. 내가 수학을…….'

무형이는 또 하나의 산 앞에 서 있었다. 고통이 따르겠지만 즐겁게 넘어갈 수 있을 것 같다.

'그 뒤로 또 다음 산이 기다리고 있겠지.'

만약 넘고 싶지 않다면 포기할 작정이다. 그건 포기가 아니라 다른 산을 넘기 위한 도전이니까. 무형이는 자신이 가고 싶은 길을 향해 계속 도전을 해 볼 작정이다.

'근데 큰일이다. 수학 진짜 못하는데, 간단하게 가르쳐 주실 수 없을 텐데…… . 대표님이 실망하면 어쩌지?'

꿈 RNA

초판 1쇄 발행 2014년 7월 7일
초판 6쇄 발행 2020년 10월 12일

지은이 안영국
펴낸이 강일우
책임편집 이혜선 구하라
펴낸곳 (주)창비
등록 1986년 8월 5일 제85호
주소 413-120 경기도 파주시 회동길 184
전화 031-955-3333
팩스 031-955-3399(영업) 031-955-8269(편집)
홈페이지 www.changbi.com
전자우편 cbtext@changbi.com

ⓒ 안영국 2014
ISBN 978-89-364-5842-3 43810